AF449790

JOHN SULLIVAN

EL FARO DE ESTELA

EXLIBRIC
ANTEQUERA 2022

JOHN SULLIVAN

EL FARO DE ESTELA

ExLibric

Índice

Introducción

Cuando publiqué *Nombres de mujer,* había críticas que tenía asumidas. Como un padre conoce mejor que nadie a su vástago, yo conocía las virtudes y los defectos de mi primera obra. Sabía que, al ser relatos cortos, tenía poco margen para construir las historias. También sabía que escribir una recopilación de relatos cortos me daba margen para incluir una gran variedad de temáticas eróticas. Sin embargo, después de publicar esa colección de relatos eróticos, sabía que me quedaba pendiente un reto: publicar un libro con una única historia bien desarrollada.

Inspirándome en la trayectoria del cineasta madrileño Jess Franco, te traigo una historia de erotismo y misterio. Estela es una joven farera, aficionada a la música, la poesía y la lectura. Lleva años de soledad elegida, consecuencia de una historia traumática que vivió en el pasado. Una noche se queda dormida en el faro y tiene un sueño erótico —o algo así— que hace tambalear su vida, que hasta ese momento era una rutina aderezada por los avatares propios de las noches en el faro: «granos de sal en la rutina», como ella los llama. En ese punto, comenzará una concatenación de acontecimientos que llenarán esa vida de misterio y conocerá a Jorge. Ambos tendrán una historia de amor, dolor compartido y erotismo en la que intentarán entender qué les ocurre, compartirán sus historias más ocultas y tendrán que vencer sus propios miedos, su dolor enquistado y sus propios demonios para completar un arco de redención que les permita ser felices.

Una historia que nace de un paseo por el faro de Punta Frouxeira (Valdoviño, A Coruña), un lugar que para mí tiene mucho significado personal y una magia propia de cada paraje gallego. De un cielo estrellado y la brisa veraniega, había sacado ideas para un nuevo relato erótico. Pero el misticismo del faro y esas leyendas que abundan por toda Galicia me inspiraron hasta entender que, de ese relato, nacería un libro entero. Espero que lo disfrutes.

Un dulce sobresalto

El amanecer marcó el fin de su jornada. Estela revisaba todo de nuevo, como cada mañana, antes de salir y volver a casa. Le gustaba su trabajo en el faro. Sí, ahora todo estaba más automatizado y sus labores no eran tan duras, pero ese romanticismo añejo de ser la luz que guiaba a los navegantes la seducía como ningún galán había logrado hacerlo. Las largas noches sola, en aquella torre coronada por la luz, eran una formidable cuna para las fantasías sobre magia, erotismo, terror o cualquier hechizo literario que pudiera obrar su mente. Le gustaba escribir, le gustaba cantar y le gustaba tocar su vieja guitarra. Y no hay nada como cierta sensibilidad y la soledad nocturna para fabricar cuentos, canciones, poemas o secretos que no cualquiera pudiera desnudar.

Descansó toda la mañana y, ya entrado el mediodía, disfrutaba de su tazón de café humeante mientras escribía, leía o cantaba esa canción que llevaba semanas componiendo. Se sentía cómoda sentada en un puf con su guitarra y su libreta, en braguitas y camiseta, que contrastaban con la ropa de faena y las botas de seguridad que había llevado toda la noche. Apenas hizo una pausa para comer un sándwich y un poco de ensalada. Siguió enfrascada con esa rima que se le resistía y ese verso que no cabía por una sílaba en su compás. Mierda, no encontraba ese sinónimo o ese pequeño alargamiento que le permitiera meter esa palabra aunque fuera con calzador. Soltó la libreta y cantó cualquier otra cosa para despejar su frustración. No lograba decir lo que quería y como quería, y eso le agriaba el humor a ratos.

Sin embargo, tenía claro cómo se aliviaban mejor las tensiones tras una discusión, aunque fuera consigo misma por ese bloqueo creativo. Así que el sexo de reconciliación fue muy agradecido por su propio cuerpo, colmado de caricias de unas manos que conocían bien el terreno.

Unas manos que no necesitaban coordinarse para sincronizar su placentera danza por el cuerpo ardiente de Estela. Una masajeaba su nuca mientras la otra mimaba sus pechos, la primera hacía incursiones entre sus labios mientras la otra pellizcaba ahí donde un leve dolor alimentaba el fuego, incluso llegaba una mano a tirar del cabello mientras la otra exploraba rutas más secretas… Los jadeos marcaban el ritmo de una canción que tenía voz, pero no versos, que tenía expresión sin necesidad de palabras, que cantaba sin música aunque ignorase el silencio. Le excitaba verse mientras lo hacía, palpar con la vista en su espejo el placer que su tacto le hacía degustar. Le encantaba oír el gozo de su reflejo y luego ver cómo todo este galimatías sensitivo explosionaba en un suave aunque delicioso orgasmo. Era un deleite para ella ver cómo en el punto álgido su cara parecía desbordada, sorprendida, como si nunca hubiera conseguido llegar a esa cota de placer, aunque fuera un acto frecuente y sus manos actuaran de una forma más automática que los equipos que daban la luz en el faro. Le encantaba esa imagen y procuraba disfrutarla porque después de desahogar su frustración en el placer que le daban sus manos, venía la cuesta abajo y se sentía vacía. Hacía mucho que no compartía su cuerpo y su deseo con nadie.

Salió a correr un rato y luego se dejó acariciar por el agua caliente de la ducha. Una última cabezada y una cena ligera precedieron al camino hacia una nueva jornada en el faro. Por el camino iba pensando en la noche anterior, cuando un leve temblor en la luz del habitáculo donde ella solía estar la había inquietado. La luz del faro no había sufrido ningún efecto, pero el alumbrado interior sí había hecho un par de guiños. Ella lo había revisado todo y no había ninguna anomalía que lo hiciera explicable. Esos guiños y el escalofrío de su espalda cuando se producían la inquietaban un poco. Pero, al mismo tiempo, eran parte de esa magia romántica de las noches en el faro. Esa fantasmagoría, esa mágica soledad, esa calma estrellada de los días despejados o esa agreste lluvia salpicada por la luz de los relámpagos en las noches de tormenta. Cada ingrediente ayudaba a cocinar un poco esa magia, esa fantasía que envolvía sus jornadas de trabajo. Estela siempre decía que su oficio la hacía convertirse en uno de esos luceros que guían a los marinos desde que el mundo es mundo y el ser humano se echó a la mar. «Trabajo de estrella polar», solía decir con un deje de bohemia en su voz.

Llegó por fin al faro y, tras cambiarse de ropa y pasar una primera ronda para comprobar que todo estaba bien, se acomodó en una pequeña sala de estar donde tenía un pequeño sofá y una mesa que, en ocasiones, hacía las veces de escritorio. No pocas veces había escrito algún poema sobre ella en la soledad de la noche. La sala era pequeña y coqueta, con el sofá y la mesa ya referidos, una puerta que daba a un aseo y una nevera al lado de un armario. Junto a la nevera había un estante pequeño donde apenas había una cafetera, un fogón eléctrico y un microondas. Así, Estela podía llevarse un tentempié, calentarse un café y tener guardadas unas mantas y alguna prenda extra de ropa. Solían ser noches tranquilas: rondas cada dos horas para comprobar que todo funcionara debidamente, el cuadro de alarmas siempre cerca y el resto era coser y cantar. «Sol y moscas», como dicen los marinos. Ella sabía qué hacer en cada situación y el resto era revisar entre cabezadas, estar en la duermevela plácida de quien se sabe con el control de la situación. Pero nunca faltaba algún sobresalto ocasional. Algún «grano de sal en la rutina», como ella los llamaba.

Llevaba un par de horas leyendo cuando la luz volvió a hacer uno de esos guiños extraños. No saltaba ninguna alarma que indicara algún problema con la electricidad, no observó nada raro en los interruptores y ni siquiera hacían ese crujido que suena cuando un cable está flojo. Las lámparas se habían cambiado hacía poco tiempo, nada daba sentido a esos parpadeos de luz. Se sentó de nuevo, repasando cada elemento en su cabeza y buscando una explicación, hasta que el sueño empezó a vencerla. Estela llevaba un tiempo notando que estaba algo más cansada de lo normal, que la duermevela que acompañaba sus jornadas aparecía antes de lo habitual. De repente, despertó sobresaltada ante la sensación de unas manos que masajeaban su cuello. ¿Quién podría ser? ¿Quién subiría a aquel acantilado al que casi no podía llegar con el coche para jugar al escondite de esa manera? No pudo evitar preguntar en voz alta si había alguien ahí. Pero se contestó rápidamente que era imposible, que solo ella tenía las llaves para entrar y había cerrado por dentro, como cada noche. Se preparó un café y siguió leyendo, ya con la tranquilidad de pensar que a veces los sueños son tan realistas que podemos sentirlos o degustarlos.

No sabía cómo llegó hasta allí ni cuánto tiempo hacía. Había una laguna entre ese último sorbo de café y ese momento, en el que aquellos misteriosos labios sellaban los suyos, concediendo un hueco de intimidad donde las lenguas se sentían libres para jugar la una con la otra. Los ojos no intentaban ni abrirse, disfrutando de aquel inesperado pero agradable encuentro, donde se sentía relajada a pesar del desconcierto, donde se sentía segura a la par que desorientada, donde se sentía libre aunque los brazos ajenos la mantenían cautiva. No sabía qué estaba pasando ni quién la tomaba de esa manera, pero le gustaba. Incluso le produjo cierta excitación, a pesar del sonrojo, darse cuenta de que, sin saber en qué momento ocurrió, estaba desnuda. Por fin sus manos recuperaron la capacidad de moverse y palparon la figura de su compañera. Sabía que era una fémina porque sentía sus senos contra sus pechos, pero no encontraba la manera de saber más. Sus manos atravesaban la silueta de su acompañante, como cortando el aire en su intento por tocarla. ¿Quién era? ¿Cómo había llegado hasta ahí? ¿Cómo conocía tan bien sus gustos como para hacerla sentir tan enardecida de deseo con apenas unos besos y unas caricias?

No quería abrir los ojos, aunque la curiosidad le quemaba. Seguía intentando palpar, seguía queriendo ver con sus manos cada rincón y cada detalle de aquella piel de seda que la recorría con sus manos aterciopeladas. Mientras, seguía degustando aquella mezcla de salivas que fluía entre ambas bocas en ese interminable beso sazonado con lametones y mordiscos. Había sentido unos pechos pequeños y firmes, un cuerpo esbelto y prieto, una melena larga y lisa, pero algo la impulsaba a seguir con los ojos cerrados. Y ese no saber qué hacía que se mantuviera en la penumbra de sus párpados sellados, no saber quién era quien estaba desatando un vendaval de intensas caricias, provocaba que el volcán de los más guardados deseos estuviera a punto de entrar en erupción…

Sus ojos se abrieron de repente. Estaba otra vez vestida y sola. Excitada, sí, pero sola. Sentía la humedad en su sexo, que indicaba la excitación de aquella placentera guerra que hacía un momento se estaba librando, pero cada vez entendía menos lo que estaba pasando. Parecía tan real… Pero ahí estaba, sin acompañante, vestida sin haberse puesto una sola prenda, en la misma mesa donde su libro y la taza de café vacía la habían aguardado desde ese último sorbo. Miró el reloj y no faltaba mucho para salir. Sin duda, se había quedado dormida. Se convenció entonces de que tanto tiempo sin compartir sábanas y deseos con nadie le había traído ese sueño tan erótico. Pero, mientras se lavaba la cara en el baño, quedó hueco para un último sobresalto. Si todo había sido un sueño, ¿por qué tenía esa rojez en el cuello? ¿De dónde había salido ese chupetón?

Misterio en la piel

De regreso a casa, Estela seguía cavilando. No entendía cómo aquel presunto sueño había dejado tal marca en ella. No solo por esa rojez que la desconcertaba y le provocaba la duda sobre qué había pasado, sino por la intensidad del placer que había sentido. No entendía que hubiera despertado vestida, sola, en la misma posición en que se recordaba mientras leía entre sorbos de café. Le sorprendía haberse dormido de semejante manera y, además, no lograba descifrar qué había pasado con ese extraño encuentro, ese aparente sueño que había marcado su piel. Llegó a casa y, aún sin bajar del coche, miró de nuevo su cuello en el retrovisor. La marca seguía ahí, pasando de ser una rojez a adoptar un tono violáceo que se le antojaba siniestro, casi diabólico. Se dijo a sí misma que parase, que tenía que frenar ese torrente de preguntas y pensamientos antes de que se le fuera de las manos. Aquello debía tener alguna explicación.

Entró en la cocina y se preparó el desayuno. Mientras la cafetera estaba puesta a fuego lento, fue a ducharse. Cuando se quitó la ropa, vio un pequeño arañazo en su costado. Al fijarse en él, un *flash* irrumpió en sus pensamientos, recordando cómo las manos de su fantasmal amante la habían asido por las caderas con fuerza y cómo en ese movimiento había sentido como el filo de una uña recorriendo su costado. Sintió un excitante dolor desde el final de sus costillas hasta la cadera, donde tal recuerdo le hizo volver a sentir la presión de las manos agarrándola fuerte y estrellándola contra ese otro cuerpo de cuya existencia ni siquiera estaba segura. Se sintió de nuevo inflamada por el deseo y con la curiosidad de descubrir otras marcas y, con ellas, nuevos *flashes* que terminaran de desnudar el recuerdo de aquella espectral visita. Encontró lo que parecía ser la silueta de una mano, marcada de forma difusa en su nalga. Y, de nuevo, vino a su mente el sonido de un enérgico azote, incluso el tacto de una boca mordiendo y chupando sus pezones. Las sensaciones, sin imágenes por ese extraño impulso de mantener los ojos cerrados, invadían a Estela hasta el punto de que no era capaz de recordar el breve —o no— lapso de tiempo entre descubrir las marcas en su cuerpo y estar en la ducha masturbándose con frenesí. Y una vez estalló de placer, una vez estuvo más relajada, pudo por fin dejar de pensar en todo eso. Salió de la ducha y el café había rebosado. Se sintió como esa cafetera, sintió dentro de sí ese rebose de desbordante deseo por algo indefinido entre el sueño, la realidad y la fantasmagoría. Lo único definible había sido el placer.

Limpió aquel desastre y desayunó tranquilamente, sustituyendo ese café malogrado por un batido. Apuntó la lista de la compra y se fue a sus quehaceres cotidianos. El orgasmo en la ducha y ese café desbordado, que era una metáfora de sí misma, la habían sacado de ese estado de inquietud que provocaba en ella no saber qué ocurría entre el faro y sus marcas. Llegó la hora de la siesta y, tras esta, la hora de prepararse para volver al trabajo.

Entró en el faro a su hora, más colmada de curiosidad que de inquietud. Se sentía más tranquila, aunque no pudo evitar asegurarse de haber cerrado bien la puerta de entrada y de dar las preceptivas dos vueltas de llave a la cerradura. Quería asegurarse de resolver el misterio y eso implicaba dejar pocos cabos sueltos o, mejor aún, ninguno. Fue comprobando una por una las ventanas según subía hasta su sala. Comprobó la nevera y todo estaba como lo había dejado al salir. Desde luego, si hubiera algún intruso, tendría que ser extraordinariamente ordenado y, además, tener poca hambre. Y, a pesar de lo extraño de todo esto, sabía que nadie vendría a hacerle daño. Al menos, la noche anterior, se podría decir que daño fue lo único que no le hizo quien quiera que estuviera —o no— allí. Eso, dentro de lo inusitado de lo que ocurría, era lo que más reconfortaba a Estela. Si lo que fuera aquello hubiera querido hacerle algún mal, la había tenido desnuda, a ciegas y a su merced; sin embargo, todo cuanto pasó —o no, seguía sin estar segura— fue mucho más que agradable.

Volvió a mirarse las marcas que había encontrado en su cuerpo: el chupetón del cuello, el arañazo en el costado, el azote en la nalga… Seguían ahí, más difusas, pero con un color algo más oscuro, como si fueran tatuajes que se fueran borrando o, más raro aún, estuvieran surgiendo. El corazón le dio un vuelco al ver esa extraña imagen. Cada vez estaba más segura de que todo había ocurrido de verdad, las marcas en su piel eran evidentes y locuaces. Pero no lograba encajar las piezas sobre cómo ese pasional encuentro pudo ocurrir mientras, al despertar, estaba de nuevo vestida y apoyada sobre la mesa, como si el fantasmal arrebato no hubiera tenido lugar. Volvió la desazón a la bella Estela, si bien no sentía temor alguno más allá de la inquietud de lo ilógico y lo desconocido. No había forma de entender qué pasaba, y eso la traía de cabeza. Como persona inteligente que era, no soportaba que algo se enrevesara tanto que no pudiera entenderlo. La incertidumbre y la curiosidad podían más que el pensamiento de un nuevo encuentro. Estela deseaba ansiosamente una nueva visita. Ansiaba disfrutar de nuevo de aquella experiencia y tener la oportunidad de sumar más piezas que colocar en el puzzle para tratar de entender.

Entre el gozo y el enigma

—Nadie, nadie, nadie, que enfrente no hay nadie… —tarareaba Estela.

Ahí no aparecía nadie y ella seguía con su rutina. Había comprobado los equipos y todo estaba en orden. Así que solo quedaba vigilar y mirar de vez en cuando el cuadro de alarmas mientras leía, escribía sus poemas o veía alguna serie en su *tablet*. La noche avanzaba y el sueño se abría camino. Se preparó un café, con mucho cuidado de no distraerse para evitar repetir el desastre de por la mañana. Colocó la humeante taza sobre la mesa y siguió leyendo. El libro estaba por donde lo había dejado la noche anterior. No se terminaba de dar cuenta, pero estaba repitiendo las mismas pautas de la noche anterior. Sorbía su café mientras retomaba las últimas páginas de la lectura anterior. Era fácil suponer que había perdido el hilo.

Unas manos empezaron a recorrer su cuello, de nuevo como si le dieran un suave masaje. Estela se sentía relajada, dejándose hacer en cada instante. Esta canción ya le sonaba y le gustaba a pesar de lo inquietante. Granos de sal en la rutina. La sensación era muy agradable y placentera, embargando sus sentidos y desnudándola sin desabrochar una sola prenda. Ahí estaba ella, tendida mientras aquellas manos recorrían su cuello y su espalda. Sentía una presión en sus nalgas y sus caderas, como si alguien estuviera montando a horcajadas sobre ella y se inclinara para proseguir con el masaje. Estela disfrutaba del momento. Jadeaba con suavidad, como si temiera dejar marchar cada suspiro o cada pizca de aire. De repente, entreabrió los ojos y vio el sofá de aquella sala frente a ellos. Vio la mesa y la silla vacías. Una extraña sensación la invadió, acompañada de una pregunta: si estaba enfrente del sofá y tampoco estaba en la mesa, ¿dónde estaba tumbada? Miró debajo de sí y vio que estaba suspendida en el aire, tumbada en la nada, a un metro sobre el suelo. ¡Estaba levitando! Sentía esa presión, el peso de quien estuviera haciéndole tan relajantes caricias. No caía, no tenía sensación de inestabilidad ni de peligro, pero no entendía nada. La inquietud superaba al miedo, crecía, se hacía mayor, y con el susto… despertó.

De nuevo estaba vestida, en la mesa. El poco café que quedaba en su taza estaba ya frío y el libro seguía abierto por la misma página donde había empezado esa noche. Sobresaltada, fue al aseo a mirar en el espejo si tenía alguna marca más. No encontró ninguna, más allá de las que ya tenía antes, y tampoco había dado tiempo a pasar del masaje, según recordaba. Volvió a la mesa a por la taza, con la idea de tomar otro café y serenarse. Una servilleta se había caído y, al recogerla, vio lo que parecía una mancha. Al voltear la servilleta para ver mejor, encontró algo escrito: «… y del susto se rompió la magia». Lo que más sorprendió a Estela fue que estaba escrito con su propia letra. No recordaba nada. Ni siquiera había sacado el bolígrafo con el que apuntaba los datos de cada ronda para luego introducirlos en el ordenador. Ahora estaba más inquieta, más perdida, no entendía nada… Y también estaba excitada. Aquel masaje había encendido de nuevo la hoguera del deseo y el fuego del placer quería arder de nuevo. No obstante, esperaría a llegar a casa para saciar su deseo con sus manos; no le gustaba masturbarse en el trabajo y, además, no había ducha en el aseo del faro.

La luz volvió a temblar y un escalofrío recorrió su espalda. Sin embargo, la sensación era agradable. Inquietante por lo enigmático, pero agradable. De todas maneras, no quedaba mucho para acabar la jornada. Volvió a mirarse las marcas en el espejo del aseo. Aparte de que seguía sin haber ninguna nueva, las del costado y la nalga ya habían desaparecido. Sin embargo, el chupetón del cuello se había reafirmado, quedando una marca oscura, como una gota de tinta sobre la pálida piel de Estela. Pasó la mano por encima de forma instintiva, como queriendo comprobar que no era una mancha de alguna cosa o queriendo borrar esa gota oscura de su cuello. Solo consiguió más *flashes*, más sensaciones, más excitación. Como si las marcas desaparecidas hubieran dejado su poso sensitivo concentrado en ese primer chupetón. Cada vez que la mano de Estela rozaba esa pequeña parcela en la piel de su cuello, volvía el placer, el deseo, el suspense… Esa especie de tatuaje fantasmal se había convertido en el billete de vuelta a la noche anterior, cuando el misterio y el placer pasearon de la mano por su cuerpo.

Llegó a casa. La jornada había acabado sin más novedad que ese amago de masaje, ese ingrávido susto, esas marcas cambiantes y las sensaciones concentradas en ese nuevo y extraño lunar del cuello. «Granos de sal en la rutina, dije yo… Hoy ha caído un buen puñado», se decía entre sonriente, por lo curioso y placentero de la situación, y frustrada e inquieta, por seguir sin entender nada.

Se fue a la ducha y tocó a propósito la marca que le quedaba, a ver si volvía a tener esos destellos de sensaciones que los dos encuentros en el faro habían dejado en su mente. Era de lo poco que realmente podía comprobar. En ese momento, volvió a sentir el arañazo en el costado, ese azote en la nalga, esa succión en el cuello y en los pezones, ese agarrón por las caderas y la colisión contra ese cuerpo etéreo que la había poseído de la forma más terrena… Ahora se sumaba la suavidad de esas manos que había sentido masajeando su cuello y sus hombros, esa sensación de desnudez en la nada, suspendida en el aire mientras alguien cabalgaba sobre ella, incluso algún recuerdo nuevo que le hacía sentir algún pellizco en la nalga, una leve succión en su sexo, incluso el tacto de un dedo jugando en las cercanías de su intimidad, acercándose a sus más recónditos rincones sin llegar a cruzar sus puertas… Estela recordaba, frotaba el oscuro chupetón, mientras con la otra mano recorría y acariciaba distintas zonas de su cuerpo. Le seguía inquietando no ser capaz de comprender qué ocurría. Pero era consciente de que, desde que ocurría, estaba disfrutando del sexo como nunca. Lo que quiera que fuera aquello la había sumido, por acción o inspiración, en la más orgásmica racha en mucho tiempo. En definitiva, entre lo que le hacía su espectral amante y los momentos de masturbación que le inspiraba, Estela llevaba dos días viviendo en un orgasmo continuo azuzado por el misterio.

Salió de la ducha, que parecía haberse convertido en su refugio, mientras terminaba de secarse. Desnuda, se echó un rato en la cama. El sobresalto de verse levitando la había despertado y ya no había vuelto a dormirse. Puso música relajante, bajó las persianas de nuevo y cayó a plomo sobre el colchón. Entró en un profundo sueño. No era lo habitual, pues normalmente salía a correr, escribía poemas, se batía en lírico duelo con esa canción que no acababa de componer y tenía algo más de vida; pero estaba derrengada tras las dos últimas noches de sobresaltos. Gratos sobresaltos, sí, llenos de gozo, pasión y deseo, pero sobresaltos, al fin y al cabo, que privaban a Estela de un sueño reparador. No era lo que pasaba, era el enigma sin resolver… Quería descubrirlo a toda costa y dar fin a tanta inquietud. Pero, mientras trataba de lograrlo, ¿por qué no disfrutarlo un poco más?

En el molde del deseo

Despertó algo aturdida, aunque con la sensación de haber descansado mucho y bien. Al mirar el reloj, se dio cuenta de que el «mucho» no era solo una sensación: había dormido cinco horas seguidas. Ahora había despertado sin recordar si había soñado algo y preguntándose de nuevo qué le estaba pasando. No obstante, agradecía ese descanso tan necesario. Aún con el entumecimiento propio de acabarse de despertar, fue incorporándose hasta levantarse de la cama. Una ducha tibia la ayudaría a terminar de espabilarse y ya le quedaba tiempo solo para preparar algunas cosas, cenar y volver al faro. Si acaso, le quedaría una hora o dos para leer. Eso sí era innegociable para ella. Podía estar sin comer, sin cantar, sin sexo…, pero leer era algo cuya carestía jamás podría soportar. Y ya que el sexo había dejado de ser una carencia, la lectura le aportaba plenitud a su persona.

Llegó la hora y ya iba camino del faro. Su actitud había cambiado, más tendente a preguntarse qué pasaría esa noche que a tratar de resolver ningún misterio. No había comprobado las marcas en su piel, no había intentado atar ningún cabo. Aquel día había sido un necesario descanso, un compás de espera para reponer fuerzas. Y así llegaba, relajada, tranquila y con energía, dispuesta a ver qué pasaba sin la inquietud de las últimas noches.

Pasó esa primera ronda como cada noche, comprobando que no hubiera ninguna anomalía. Ella, aun atrapada en el misterio de las visitas eróticas de algún ente paranormal, seguía siendo una profesional. Aún eso le quedaba. Se sentía tranquila, aunque expectante. Incluso, reconocía a regañadientes, algo deseosa: ¿qué placentera sorpresa le daría su visitante? ¿Qué le tendría preparado esta vez? Aun siendo consciente de su deseo y expectación, se sorprendió a sí misma llevando el libro a la mesa y preparando su café antes de lo habitual. Parecía invocar a su visitante repitiendo y adelantando sus pautas, henchida de una juvenil ilusión, como la quinceañera que espera ansiosa la hora de ver a su pretendiente o, incluso, que pasea por las calles que ambos frecuentan por si se pudieran cruzar de soslayo. «Qué tonta eres», se dijo a sí misma con una sonrisa.

Sorbía su café, leía su libro. Deseaba que llegara el sueño, pero el sueño no llegaba. Echaba de menos ese suave masaje en el cuello. Añoraba esas manos que tomaban por conquista cualquier territorio que su piel cubriera, esa sensación de sentirse poseída a la vez que poseedora. Echaba de menos cómo esa misteriosa visita conocía su cuerpo mejor que ella misma y sabía exprimir sus sensaciones hasta sacar el máximo placer en cada gesto y caricia. Echaba de menos cómo el gozo creciente desembocaba en un orgasmo delicioso, progresivo, más allá de esas explosiones momentáneas provocadas con bastante tiempo de estimulación. Era un acercarse hasta llegar y llegar acercándose más, un placer que parecía no tener más techo que lo que pudiera procesar su cuerpo sin traspasar el umbral de su consciencia. Y aún la cruzaba, pues al ocurrir todo en ese estado de sueño no había realmente una barrera que atravesar. Inmersa en esos pensamientos, oyó la alarma de su móvil: hora de pasar la siguiente ronda. Suspiró aliviada por no haber tocado el marcapáginas de su libro: con su mente divagando en su visita y su placer, aun ojeando y hojeando las páginas, no se estaba enterando de nada de lo que había leído.

Solo un ruidoso bostezo rompió el silencio que se había producido un buen rato antes. Había retomado su lectura, si bien la avanzada hora abría la puerta a esa somnolencia que, de algún modo, había estado invocando desde que entró al faro. Se estiró un poco, como si quisiera desperezarse y resistirse un poco a la zozobra que empezaba a invadirla, si bien esto solo le produjo una sensación de confort que la empujaba un poco más a los brazos de Morfeo. Sin tiempo a saber si dormía o estaba despierta, sintió unas manos que la abrazaban desde atrás, acariciando su torso y haciendo escala prolongada en sus senos. Ella, sin oponer mucha resistencia a la excitación que le producían la sensación y la sorpresa, levantó su mentón, como ofreciendo su cuello a quien fuera que la había tomado de esa manera, mientras intentaba llegar con sus manos a la cabeza de su visitante para aproximarla hacia sí. Sin embargo, solo logró darse una leve colleja al no encontrar nada que asir con su mano. ¿Cómo era posible? ¿Cómo podía ser que una presencia pudiera ser incorpórea cuando ella intentaba tocarla, pero, al mismo tiempo, pudiera agarrarla, manejarla y hacerla sentir de ese modo como si tuviera un cuerpo material? Lejos de volver a desazonar sus pensamientos, la incertidumbre acentuaba su excitación, convirtiendo el misterio en, además, un rol de sumisión, de dejarse hacer, de dejar al capricho de su visitante el destino de su cuerpo, sus sensaciones y su propio gozo.

Dejó su cuerpo inerte, relajado, simplemente a merced de las manos que la asían. Fue entonces cuando sí notó una breve succión en su cuello, seguida de un leve mordisco. Tenía lo que había buscado antes y, ahora, le surgió otra pregunta: ¿podría, con su deseo, obtener lo que quisiera sin buscarlo activamente? ¿Bastaría con desear que su visitante le hiciera algo concreto que la hiciera gozar para, dejándolo hacer, lograr que ocurriera? Recordó la sensación de la primera vez, cuando el tacto de —suponía— unos senos junto a los suyos le hizo llegar a la conclusión de la feminidad de su visitante. Pensó en una penetración desde detrás, a cuatro patas, mientras unos varoniles brazos la tomaban. No hizo nada, dejó fluir la situación.

Estela se concentraba en imprimir fuerza a su deseo y empezó a sentir cómo las formas que la tomaban parecían volverse más robustas, abandonando la estilizada feminidad que había sentido hasta ahora y cobrando mayor vigor. Los gestos y las sensaciones parecían ahora diferentes, menos cómplices en lo anatómico, aunque satisfaciendo el deseo formulado por su mente; una cosa compensaba la otra con creces. Quizá, en ese momento, su cuerpo le pedía otro tipo de sensaciones más crudas, con otro vigor… Justo lo que estaba teniendo. No obstante, su deseo no se cumplía del todo: la postura y la manera de tomarla no eran las que había fantaseado. Pero estaba gozando igualmente hasta ni prestar atención a ello. No estaba a gatas, estaba boca arriba, sin sentir cuerpo alguno sobre sí, aunque tomada por las caderas y embestida fuertemente. Estaba en la posición inversa a como lo había pensado, pero disfrutando como nunca. No sintió la necesidad de abrir los ojos para ver a su visitante. Solo se dejó hacer mientras, consciente de todo, se preguntaba por qué ahora que su misterio podría resolverse de una vez, prefería seguir a ciegas disfrutando del momento. Quería hacerlo, saber quién y por qué la visitaba cada noche desde hacía días y la tomaba para sí de esa manera. Ansiaba saber quién y por qué le estaba brindando la situación más extraña, morbosa, intensa, misteriosa y placentera de su vida. Pero esa ansia de hallar respuestas era totalmente opacada por la intensidad de un placer como no había sentido en su vida.

Sintió Estela cómo, mientras tantas preguntas iban asaltando su cabeza, el ritmo bajaba y las poderosas manos que la asían parecían desvanecerse. Volvió a concentrarse, queriendo continuar, en lo que allí y con ella acontecía. Al centrarse en cuanto quería recibir, su visitante recuperaba el vigor y las ganas. Sintió de nuevo cómo era tomada con fuerza y cómo su misteriosa visita la colmaba de placer entre fuertes embates, intensas caricias y ese mordisco en el mismo lugar de la primera marca en su piel. Y, al morder ahí, se desataron de nuevo todas las sensaciones que parecían almacenadas en ese punto de su cuello, liberando un torrente de placer y un manantial chorreante de lujuria. Se sentía a la vez relajada y ávida de más. Pensó que estaría bien sumar otra mujer que la vistiera de caricias mientras el acompañante masculino seguía tomándola en la posición que él quisiera. Y así, empezó a sentir cómo al tacto de aquel hombre surgido de su libido se sumaban unas manos más pequeñas y suaves, que recorrían su torso, al tiempo que unos labios finos y una lengua picarona tomaban posición en la boca de la farera. Ahora eran dos visitas, el misterio se tornaba más difícil de esclarecer… o no. Ahora, al menos, Estela entendía que sus deseos modelaban la situación y que era su voluntad la que marcaba el paso, aunque a la hora de la verdad ella no estuviera más que dejándose hacer, mimar, dominar y colmar de placer. Ahora se había hecho con el control: seguía sin entender nada, pero al menos lo que fuera estaba ahí para servir a sus deseos. Se sentía poseída por el placer, pero dominadora de la situación.

A veces, no salía exactamente como su mente parecía ordenar. O sí, quizá sí, aunque no lo supiera… A veces se preguntaba si realmente había pedido ese azote, ese mordisco, ese pellizco o ese beso. No obstante, todo lo disfrutaba y pensaba que, quizá, esa diferencia entre lo que pensaba y lo que ocurría no era sino la distancia entre lo que se permitía imaginar y sus verdaderos deseos. Las dudas eran lo de menos y, como pasaba al principio, tenía la tranquilidad de que aquello que aún no comprendía no iba a hacerle ningún daño. Tenía más curiosidad y deseos por entender cómo manejar la situación, cómo sacar el máximo placer a cada encuentro, que preocupación o temor, como sí tenía al principio. Ahí seguía, entregada a esas fantasmales presencias que complacían sus deseos.

Ahora estaba cabalgando a pelvis, que no lomos, de la presencia masculina, inclinándose hacia delante para apoyarse en donde su intuición, a falta de luz en sus ojos cerrados, le decía que había de estar el torso. La presencia femenina la abrazaba por detrás, dejándole sentir sus pechos en la espalda y con las manos recorriendo su piel con delicadeza e intensidad, contando por caricias cada paso. Estela gozaba como pocas veces —o ninguna— lo había hecho y siendo consciente de que aún gozaría más veces según recordara este encuentro. Trataba de agarrar la nuca de su compañera con una mano mientras con la otra se seguía apoyando en el pecho del varón. Sus caderas ganaron ritmo en su accionar y la excitación seguía creciendo exponencialmente. Abrazó el orgasmo según vino, estallando su cuerpo convertido en una catarata de gozo, transformados sus gemidos en sollozos de puro placer. De repente, la intensidad con que sentía aquellas figuras empezó a desvanecerse. Sintió como si cayera desde una gran altura. Luego, atravesaba una barrera, como si estuviera volviendo a entrar en sí misma. Y, aparentemente, despertó.

Despertó como si saliera de un sueño, como ya había pasado las otras veces. De nuevo, estaba vestida, su taza donde la dejó, su libro, sus notas con sus canciones… El mismo patrón de siempre. Corrió al aseo y se quitó algo de ropa, comprobando si había alguna marca en su cuerpo, y encontró que sí, que había unos arañazos en sus pechos y un nuevo azote en sus nalgas. El ya famoso chupetón del cuello del primer encuentro había aclarado ligeramente su color, aunque era aún bien visible. Y una incómoda sensación de humedad en su sexo. Esta vez había llegado al final de todo el encuentro y había gozado hasta límites desconocidos para ella. Aunque esa húmeda sensación era la más novedosa, era la que más explicación tenía. Quedaba mucho aún por averiguar, tanto que, en realidad, aún no sabía nada. No obstante, ahora tenía que pasar otra ronda. Lo había pasado genial, pero no había que olvidar que, al fin y al cabo, estaba trabajando.

Por suerte, había sido previsora y llevaba una muda de recambio y unas toallitas húmedas. Las últimas visitas habían sido un presagio y, para esta última, ya se había preparado ropa interior y un pantalón de repuesto. Pasó la ronda y anotó las incidencias, solo que esta vez dejó sin anotar el guiño de las luces cuando se avecinaban las visitas. Eso ya lo entendía y era consciente de que no había un fallo eléctrico, sino algo mucho más grato. Se sirvió otro café, esperando el despuntar del día para volver a casa. La sensación de calma era lo mejor. Parecía que, aunque no terminaba de entender qué ocurría ni por qué, al menos ahora sabía que tenía cierto control y que podía exprimir al máximo las sensaciones que dejaban las visitas.

Más preguntas y una *pizza*

Estela llegó a casa y se dispuso a seguir con su rutina habitual. Una ducha, sus braguitas y su camiseta, la comodidad de poder descansar sin sobresaltos… Ahora, al menos, recuperaba la tranquilidad de no andar preguntándose por la respuesta a ningún misterio. Quedaban muchas incógnitas por despejar, pero la sensación de poder controlar la situación le permitió descansar de elucubraciones, miedos y sospechas. Tanto era así que se quedó plácidamente dormida. Había dormido un poco en su turno, como solía. Aparte, había gozado ese rato de «sueño» como nunca. Sin embargo, su cuerpo seguía cansado y cayó en los brazos de Morfeo.

Mil melodías recorrían su mente en sueños y mil sensaciones estremecieron su piel de puro deseo. Aún quería más. Aún quería disfrutar más de esas visitas, de esas sensaciones, de esas presencias que actuaban o se multiplicaban con un deseo sincero de su mente… Quería entregarse por completo a ese placer que descubría límites ignotos para ella. Había llegado a ese punto en que nunca era suficiente y, aunque había sido poseída y gozada cada noche, aún le quedaban ganas para masturbarse en la ducha con los recuerdos o con las sensaciones que emanaban cada vez que tocaba la marca de su cuello. No sabía si estaba liberada de lo que quiera que fuera que encorsetaba su deseo y sus sensaciones o si se había visto aprisionada por una suerte de adicción a un placer y un morbo fantasmagóricos que pedía más y más. ¿Dueña o esclava? ¿Libre o sometida? ¿Mandando u obedeciendo? ¿Quién servía a quién? Estela no lo sabía y ya tampoco se lo preguntaba. No ahora. Ahora tocaba descansar y disfrutar de estas horas en las que no se preguntaba nada, sino que disfrutaba y agradecía cada momento.

Despertó hacia el mediodía. Un tentempié y un café fueron el combustible en su motor para seguir con sus rutinas. Con sus poemas que no sabía si algún día publicaría o con sus canciones que se le quedaban a medio componer. «Dichosa sílaba, no consigo hacer que entre». Y vuelta a empezar. Salió a correr un rato, un sándwich y una ensalada despacharon la hora de almorzar, un rato de lectura y una leve siesta llenaron sus horas hasta volver al trabajo. Una ducha y al coche. Y se dio cuenta de que camino al faro derrochaba una energía que se salía de lo habitual, un entusiasmo y una jovialidad que nunca había mostrado. Siempre iba contenta a trabajar, a su puesto de estrella polar, a buscar esos granos de sal en la rutina, pero ahora estaba exultante. Como sabiendo que, además de ir a un trabajo que le encantaba, acudía a su enigmática cita diaria con el placer y la lujuria.

Estela era así, bohemia cantante y autora, poetisa y escritora, y no se quedaba ahí. Que su oficio de farera disfrutaba cual ninguna, era de la noche luna, y de esta, compañera. Y completaba su ser siendo condesa del vicio, la princesa del fornicio en la busca del placer. Así era ella, así vivía y así gozaba. Y solo se preguntaba qué eran o de dónde habían surgido estas visitas, estas presencias que la colmaban de gozo y se amoldaban a sus deseos. La última noche, había moldeado el encuentro a su modo concentrándose en su voluntad. Y esta noche, si no le fallaban sus fantasmas, podría seguir probando a desear cosas para ver cómo evolucionaría el encuentro.

Llegó al trabajo y concedió su espacio a la responsabilidad antes de entregarse a la espera del sueño y lo que con él venía. Pasó una primera ronda a los equipos y comprobó que todo estaba en orden. Luego echó un ojo a la nevera y a los enseres del *office*. «Menos mal que me hice un sándwich», pensó. Había olvidado comprar sus tentempiés habituales. Era curioso, los encuentros nocturnos le daban mucha hambre, pero había olvidado comprar con qué saciarla. Al menos, quedaba café. Despachó el primero, guardando el sándwich para más tarde. Mientras sorbía el humeante manjar, seguía leyendo su libro. Se preguntaba a veces si podría terminarlo, visto lo visto, aunque el motivo de las interrupciones tampoco le disgustaba.

Solo la alarma del móvil turbó su placer literario: era la hora de la siguiente ronda. Así que cogió su tablilla, su bolígrafo y se fue a registrar los datos que cada equipo arrojara. A veces tenía que reapretar alguna conexión o ajustar alguna señal. Pero, en general, todo seguía bien. Al volver a su sala de estar, su cuerpo pedía alimento mediante el rugido de sus tripas. El sándwich no calmó a la fiera, que pedía más comida, así que decidió encargar algo a la pizzería del pueblo. Cierto es que seguía una dieta rigurosa, aparte de una rutina moderada de ejercicio, pero pensó que un día es un día y, en resumidas cuentas... qué porras, tenía hambre.

Tardó algo más de lo corriente el pizzero en avisar de su llegada. Le había costado encontrar el camino del faro. Se veía que llevaba poco tiempo en la zona, aparte de que la cara no le era conocida, y eso en un pueblo tan pequeño era como llevar un carnet de forastero. Cogió la *pizza,* pagó al repartidor y ambos rozaron sus manos al intentar evitar la caída de una de las monedas. Ambos rieron y se ruborizaron. El chico, finalmente, se marchó, no sin antes dejar una tarjeta con su número.

—Me encantaría volver a traerte lo que pidas y quién sabe si chocar las manos con el cambio —le dijo tartamudeando un poco.

Sí, en el breve encuentro se destilaba cierta química entre ambos. El joven se había atrevido a, a su manera, emplazarla a otro encuentro. Ambos sabían que Estela, otro día, «tendría hambre».

Despertó al despuntar el día. Se había dormido después de cenar y nada la sacó del narcótico trance que la tuvo toda la noche sobre el sofá. Miró la hoja de rondas y confirmó lo evidente, había dormido toda la noche y se había dejado rondas por hacer. Revisó todos los equipos, anotó los datos que necesitaba para llevar el control y se preguntó durante un largo rato qué había pasado, por qué esa noche se había dejado todo por hacer. Haciendo memoria, no recordaba más allá de la llegada del pizzero y aquella deliciosa cena. Su libro seguía como lo había dejado antes de pedir la *pizza*. La cafetera seguía en su sitio, donde la dejó tras el único café de la noche. Y, aunque tardó, cayó en la cuenta de algo que le pareció nuevo tras la rutina de las noches anteriores: no había recibido visita alguna desde el más allá o donde fuera.

Revisó sus cosas antes de salir y no pudo evitar comprobar varias veces que no había perdido la tarjeta del chico que le había traído la *pizza* por la noche. Eso sí, tanto se centró en eso que estuvo a punto de olvidarse las llaves del coche. Sí, estaba ilusionada como hacía tiempo que no lo estaba y se mostraba más despistada que de costumbre. Casi se podría decir que no había nadie a su timón, y ella misma lo notaba. Iba durante todo el camino preguntándose qué habría pasado con su asiduo visitante, si bien intercalaba sus interrogantes con una enorme sonrisa pensando en cuando ella y el joven rozaron sus manos al intercambiar las monedas del cambio. «Qué tonta eres», volvía a decirse mientras la sonrisa permanecía como pintada en su rostro. Era la segunda vez, en apenas unos días, que se sentía de regreso a la tierna edad del pavo.

Se sobresaltó cuando tuvo que frenar bruscamente. Tan absorta iba entre dudas y alegrías que casi se salta un semáforo. Era el único que había, a la entrada del pueblo, pero por ello también era donde solía cruzar más gente. Tras aguantar estoicamente los vituperios propios de un anciano asustado al verse ya debajo del coche, recuperó un poco el aliento y continuó su camino. Redujo la velocidad y su mente volvía a buscar respuestas a las preguntas que provocaba la ausencia de su visita habitual. Volvía a sonreír y hasta bromeaba consigo misma, diciéndose que no estaría tan tontorrona si el chico hubiera llevado un datáfono para pagar con tarjeta. Y así, llegó a su casa sin poder borrar esa sonrisa que le hacía verse con cara de lela. «Pero qué tonta que eres», volvía a repetirse, divertida y ruborizada.

Entró a ducharse y pareció irse el despiste en el momento en que recordó mirar aquella marca en el cuello que le servía como «*pendrive* de sensaciones» (ella y sus metáforas), ese punto oscuro donde bastaba tocar levemente para evocar todo el deseo, la lujuria y el placer experimentado en las noches anteriores. ¡Oh, no! No estaba ahí. En su lugar había lo que parecía una sombra de aquel chupetón nada sutil que había adornado su cuello los últimos días. Como en un intento desesperado, pasó la mano por ella buscando esos *flashes* y esas sensaciones. Sintió un ligero cosquilleo, vio unas imágenes turbias, algo morboso, aunque sin la intensidad de aquellos recuerdos de otras noches. Se preguntó si la aparición del joven tendría algo que ver con estos cambios. Por otro lado, se preguntaba si tendría que elegir entre el joven y sus visitas de placer esotérico; luego pensó que se precipitaba un poco, como si ya fuera seguro que hubiera algo más y, aparte, eso fuera excluyente. Aunque también se preguntaba por qué tendría que elegir llegado el caso: se decía a sí misma que elegir es renunciar, y no estaba dispuesta en absoluto.

Siguió con esa vida habitual, buscando esa palabra para ese verso que no entraba, leyendo ese libro que nunca acababa y haciendo deporte, además de comer dentro de su dieta sana y echarse una siesta. Llegó el momento de prepararse para volver al trabajo y ella misma se notaba tensa, expectante… Parecía preocupada por si aquella *pizza* y ese choque con las monedas hubiera implicado el fin de las visitas. Igual que cuando las esperaba estaba rebosante de ilusión, ahora que no tenía claro que fuera a darse un nuevo encuentro sus poros rezumaban cierta tensión.

Seguía pudiendo recordar cada vivencia, pero no con la intensidad que le daban esos *flashes* en su mente cuando tocaba esa marca, ahora casi imperceptible. Solo se mantenía esa viveza en las sensaciones cuando usaba sus recuerdos de esos extraños encuentros como estímulo para masturbarse en la ducha antes de ir a trabajar. La estrella polar temía por sus granos de sal en la rutina. Al menos, esos recuerdos le quedaban.

La orgía y la sospecha

Llegó por fin al faro y se liberó de sus pensamientos mientras pasaba la primera ronda a los equipos y anotaba los datos en su tablilla. Buscó el relax tras acabar, leyendo su libro mientras sorbía su café. Ya no solo por seguir el ritual tras el que solían sucederse los encuentros con su amante del más allá, sino porque llevaba todo el día dando vueltas a lo mismo y se iba a volver loca. Llevaba también su cuaderno, a ver si por fin daba con esa palabra que se le resistía en su canción. En fin, que necesitaba abandonar sus pensamientos y relajarse un poco. Aparte de que echaba de menos su lectura y sus versos melodiosos.

Sintió esas ya familiares manos masajeando su cuello. La calidez de una presencia en su espalda hacía que Estela se sintiera entre cómoda y protegida, como sintiendo el abrigo de un cuerpo mayor que el suyo que la mimaba y consentía. Y, como era lógico, se dejaba hacer, disfrutando de esas caricias que se iban extendiendo por su cuerpo, ya desnudo sin haber desabrochado un botón. Estela ya estaba acostumbrada a estos cambios sin transición, a estas mudanzas fugaces donde la ropa desaparecía en un parpadeo sin hacer siquiera por desnudarse. Se había acostumbrado a ese abrir y cerrar de ojos donde pasaba de estar sentada, leyendo y tomando café, a estar desnuda, a horcajadas sobre un cuerpo sin cuerpo y siendo acariciada por otra ausente presencia. Y así estaba, montando sobre aquel fantasma mientras las manos de la presencia femenina la acariciaban como la última vez, antes de la aparición del joven pizzero.

Estela seguía con la duda sobre su capacidad de modelar la situación con sus deseos, así que empezó a dejarse llevar y las alas de su imaginación dibujaban escenas a cuál más tórrida que poco a poco tomaban forma, si no igual, parecida a como las imaginaba su dueña y servidora. Una mano había cogido a Estela por el cuello y, tras una caricia que simulaba un bofetón, había comenzado a follar su boca, que a veces era auxiliada por la boca del fantasma femenino. Ella los llamaba fantasmas a pesar de que no sabía si realmente eran tales; a fin de cuentas, desconocía la naturaleza de aquellas presencias. Se había acomodado a disfrutar de ellas y quizá ahora, que se había alterado su reciente normalidad, volvía a tener algunas preguntas. Pero ahora no pensaba en ello, ahora disfrutaba de sentirse cautiva, junto con su compañera del otro lado, disfrutando oralmente de ese falo paranormal.

No tardó en ver cómo su compañera era tomada desde atrás por una tercera presencia, que recién había imaginado Estela y que se presentaba ahora cual la mente de su dueña había decretado. Ella, como siempre, siguió su instinto de intentar tocar al visitante advenedizo, fracasando por su incorporeidad y la de su compañera, que veía la mano de la farera cruzar su cuerpo y palmear su propio muslo. Se frustró ante esa cualidad de ser incorpóreo para ser tocado, pero no para tocar… o follar una boca, como le estaba haciendo la otra presencia. Seguía sin entender por qué ella no podía tocar aunque sí podía recibir caricias, azotes o embestidas. Vaya si las había recibido.

De repente vio cómo ese falo que hasta ahora tenía en su boca salió de la misma y se alojó en la de su compañera, mientras unos labios tomaban el lugar de aquella polla fantasmal en la boca de Estela. Resultaba extraña la textura suave de aquella boca recién llegada, que la besaba con dulzura, aunque con la brusquedad que le imprimían los empellones que recibía de otra presencia más que había llegado a la par. La mente de Estela seguía imaginando más situaciones y añadiendo más presencias hasta dibujar una orgía entre la humana y los espectros tan numerosa que la farera ya no era capaz de entender ni cómo cabían todos en el faro. Ah, claro, la dichosa incorporeidad.

Despertó Estela vestida y sentada, con el cuerpo y la cabeza sobre la mesa y casi con la barbilla sobre su libro, víctima habitual de estos sueños a medianoche. La taza de café estaba por la mitad, ya fría, como siempre que llegaban estos encuentros. Miró con la cámara del móvil y la marca volvía a lucir en su sitio. Y volvió a tocarla, sintiendo de nuevo cada mordisco, cada sensación, cada arañazo y cada vaivén en una nueva experiencia que nada tenía que envidiar a las anteriores, más bien las complementaba y superaba. Pasó una nueva ronda a los equipos. Al fin y al cabo, estaba en el trabajo.

Llegó por fin a casa. El resto del turno había sido tranquilo, aunque no se había permitido caer de nuevo en el sueño que le habría dado tiempo a terminar con el encuentro orgiástico que había dejado a medias al despertar. Había avanzado un poco más con su libro, había seguido intentando encontrar esa dichosa palabra para su canción, que era a la vez su poesía. No hubo suerte, aunque Estela podía ser bien terca. Había pasado la última ronda a los equipos y había recogido todo antes de irse. Se echó a descansar y decidió que esa noche iba a tocar *pizza*. Algo empezaba a sospechar y quería comprobarlo.

La primera cita y un esquema roto

Pasó la mañana entre sus quehaceres cotidianos. Había sido día de compra y limpieza, de almuerzo ligero y carrera por el pueblo, de sus horas de lectura, guitarra y esa maldita palabra que no aparecía… Casi se le hizo tarde para irse de nuevo, peleándose con el léxico y la melodía para esa canción que nunca terminaba. Llegó al faro justo a tiempo para comenzar a su hora. Una ronda, tomar los datos, apenas un reapriete de conexiones en un equipo…, la rutina de siempre, hasta que decidió encargar su *pizza*. Quizá fuera un poco pronto, tal cosa murmuraba para sí, pero estaba ya impaciente por ver a aquel muchacho de la última vez, ese por el que sintió tal atracción que, por un día, no vinieron sus placenteros fantasmas.

Llamó al número que él había dejado en su tarjeta. De ese modo, su plan seguiría sus pasos y no se arriesgaría a pasarse de calorías sin verlo a él. Quería saber por qué cuando él aparecía no venían sus fantasmas, se iban sus marcas, se borraban esas memorias de antológicos encuentros sexuales con seres que estaban sin llegar a estar, palpables o incorpóreos según qué momento o situación. Quería conocerlo más, no quería perder a sus deseados espectros… Necesitaba entender y, si fuera necesario, elegir. Y deseaba que no fuera necesario, se repetía que elegir es renunciar y que eso no era justo. Una cosa era sentirse atraída por él, pero renunciar a sus encuentros… Tampoco quería pensarlo mucho.

El joven tardó un poco en llegar. Cierto es que llamó cuando suponía que su turno estaría empezando, por si podía arañar un ratito con él sin la prisa de que llegaran las horas más fuertes y tuviera que volver al trabajo. Recogió el pedido, ofreció el dinero en su mano y, al cogerlo, él acarició su mano, la cual ella apresó con la suya. Fue un instante, un leve apretón de manos mientras pagaba su comida, una mirada profunda a los ojos del muchacho, correspondida con los amantísimos ojos de este dirigidos a los de la farera.

—Sé que puede sonarte raro, pero ¿tienes un ratito para acompañarme? —preguntó Estela, lanzándose tímidamente a la piscina de esa pregunta directa.

Él respondió que tenía que irse, que aún le quedaba un par de pedidos.

—¿Te parece que quedemos mañana a tomar algo? —terminó de decir el joven.

Esta pregunta coronando la respuesta iluminó los ojos de Estela. Apenas intercambiaron un par de frases más y ya tenían planes para el día siguiente. Comerían juntos cerca de la playa.

Tras una torpe despedida, en la que ninguno de los dos sabía qué hacer aunque los dos deseaban el mismo beso, Estela volvió a quedarse sola en el faro. Sonreía sin motivo aparente, caminaba sobre las nubes sin moverse del sofá, no podía seguir buscando esa palabra que culminase su canción porque mil melodías diferentes asaltaban su cabeza… Notó de nuevo el escalofrío y el calor, aunque no de la misma manera que había servido de presagio a sus orgásmicos encuentros con sus incorpóreos amantes, sino que era algo más palpable, más mundano y auténtico. Al ardor del deseo carnal que venía siendo común en las últimas noches, lo había sustituido la ilusión por este joven que acababa de dejarle la cena. Un pensamiento cruzó su mente rompiendo la magia del momento: «Caray, que tengo que pasar la ronda».

Volvió al poco rato, con su tablilla cubierta de datos y con su imborrable sonrisa adornando de alegría el dulce rostro de Estela. Su mente dibujaba la comida con el joven, con miles de escenas jugando y bailando en su mente, a cuál más ñoña y romántica. Sí, se había enamorado a primera vista en aquel roce de manos de la primera vez. Ahora, queriendo atraparlo un ratito mientras le había traído la cena, había logrado una cita para el día siguiente. Bien pensado, era mucho mejor porque tendrían más tiempo para hablar y lo que surgiera.

La cena, casi ni se acordaba. Entre la ilusión por su inminente cita y la película de sobremesa que se estaba perpetrando en su mente, se había olvidado del hambre atroz que últimamente la invadía y de la *pizza* que su Romeo le acababa de traer. Mientras los itálicos sabores deleitaban su paladar, miraba a su alrededor como si buscara a alguien. Pero Estela sentía que esa noche no vendría su ejército de donantes de placer que la visitaba en esas noches de soledad costera. Sin embargo, no tardó en olvidarse un poco de aquello y seguir leyendo una vez hubo terminado de comer. El café sería ahora su compañía mientras avanzaba en su lectura.

De nuevo la alarma del móvil le recordó la siguiente ronda. Salir de su trance literario devolvía a la joven farera a la realidad de su trabajo, de su soledad en esa noche y de esos espectros que no venían. Pero tampoco se inquietaba demasiado pensando en «su» pizzero. Terminó de pasar la ronda y volvió a las páginas de su libro. Solo interrumpió su lectura para hacerse otro café.

La noche fue tranquila y sin visitas. En parte, eso la apenaba, se había acostumbrado a la excitante experiencia de tener «sueños» donde su mente imponía en parte sus deseos y bastaba con querer que algo sucediera para que su cohorte fantasmal se lo sirviera en una bandeja semejante, cuando no igual. Es fácil acostumbrarse a aquello que nos hace disfrutar, a todo eso que nos brinde unos granos de sal en la rutina. Pero, por otro lado, pensaba en su cita con el joven pizzero y sentía esas mariposas en el estómago revoloteando, esa juvenil ilusión por estar con él fuera del faro y sin los límites que impone el hecho de estar trabajando. Quería conocer a ese chico que le había dibujado esa sonrisa en la cara, que se mantenía perenne incluso cuando se quedó dormida.

Despertó con la alarma para la siguiente ronda. «Qué tonta eres», volvió a decirse cuando se dio cuenta de que estaba tarareando una melodía de alguna canción romántica que había escuchado en la radio. Era curioso cómo pedir una *pizza,* algo tan cotidiano, le había insuflado aires de jovialidad y energía. Estaba contenta, exultante, aunque echando de menos a sus visitantes nocturnos. De nuevo, volvió a preguntarse si su ausencia tendría alguna relación con la aparición de ese chico con el que iba a comer en la playa en unas horas.

Dio una última cabezada antes de salir del trabajo. Se decía que había sido una noche sosa, echó en falta sus granos de sal en la rutina. Pero le daba igual. Conducía contenta, con la música a todo volumen y cantando como una loca, sonriendo como pocas veces. Estaba ilusionada, el joven le gustaba y estaba a pocas horas de compartir unas horas con él. Normalmente, era cauta cuando tenía una cita, esperaba a verlas venir antes de dejarse invadir por la ilusión. Sin embargo, este chico le daba buenas vibraciones y además era muy atractivo. Tenía el rostro aniñado, una mirada dulce que intentaba contrarrestar con una perilla larga y sin bigote. Era alto, atlético y tenía una media melena rizada que acariciaba sus hombros. Estela se decía que era el punto intermedio entre un joven muy achuchable y un tipo duro con su punto de macarra. Si la actitud se correspondía con lo que su físico le decía, sería su hombre ideal. «Espero que le guste el *rock,* la música de autor y la lectura… Caray, Estela, qué tonta eres», se decía de nuevo mientras su sonrisa crecía, lejos de borrarse. Henchida de esa juvenil ilusión que le había esculpido esa sonrisa en la cara, llegó a casa.

No se quiso acostar por si se quedaba dormida y no llegaba a su cita. Cabeceó un rato sentada en su sofá, vestida solo con su albornoz y unas zapatillas de estar por casa. Con esa agradable sensación de desnudez por debajo de esa especie de toalla con mangas, como ella lo llamaba, se dejó llevar en brazos por la zozobra resultante del intermitente descanso en el faro. La alarma del móvil dispuesta, para no despistarse un solo minuto, la ropa preparada para cuando saliera de la posterior ducha, un pequeño estuche con algo de maquillaje y una barra de labios esperaban ya en el lavabo… Todo estaba dispuesto para poder descansar y saber que solo sería una ducha, prepararse e irse. Sin tener que buscar nada. Normalmente, habría sido más espontánea, pero estaba irreconocible por la jovialidad y el deseo de que la cita fuera mejor que bien. A ella misma le sorprendía la importancia que le estaba dando a esa primera cita con el joven. Al decirse esto en su mente, remarcaba la palabra *primera* por el deseo de que hubiera muchas más. Sonrió, sonrojada de verse así a sí misma. «Qué tonta eres, Estela», pensó para sí. Últimamente, se repetía esta frase con bastante frecuencia.

Despertó y se preparó otro café. Le encantaba esa desnudez por debajo del albornoz y que la entrada de ese café caliente produjera el lógico escalofrío que erizaba sus pezones. Era excitante esa sensación. Sintió de repente cómo unas manos asían su cuerpo y tiraban de ella, hasta apretarla contra un cuerpo fornido. Se dejó llevar, dejando sus miembros inertes a merced de esas manos que la acariciaban de norte a sur de su anatomía. El único gesto que hizo, curiosamente, fue sorber un poco más de café y acrecentar ese primer escalofrío. Las caricias de esas misteriosas manos parecían más palpables ahora. Estela jadeaba levemente, embargada por esa súbita presencia que la estimulaba con tanta intensidad pese a la suavidad de sus caricias. Sin embargo, al contrario de lo que le pasaba en el faro, ese placer no reprimió el impulso de volverse y ver quién era. Sorprendentemente, no había nadie y, sin saber cómo había llegado hasta ahí, estaba en la ducha, acariciándose y mitigando con sus manos el increíble subidón de libido que había tenido hacía un momento. Una presencia como las del faro, ahora en su casa y, contra la tendencia que había observado, a poco rato de quedar con ese joven que había despertado tanto en ella con un leve roce de manos. ¿Qué estaba pasando?

La alarma del móvil alertó a Estela. Quedaban veinte minutos para la hora. Se olvidó de sus pensamientos sobre la repentina e inusual presencia y terminó de ducharse, se vistió y se dio un poco de maquillaje. Apenas un poco de sombra en los ojos y un retoque de labios. No le gustaban los excesos de chapa y pintura. Lo justito para adornarse un poco sin perder la presencia natural. No era la joven farera amiga de fotos con filtros, de excesivos adornos ni de medir cada movimiento y postura para que la ropa le hiciera mejor o peor figura. Tampoco lo necesitaba, era una joven bella y con una silueta modelada por el deporte. Sus vaqueros ajustados y rotos, su top blanco ceñido y su cazadora le daban un aire rebelde y sofisticado a la vez. Diez minutos para ver a ese joven que había dado un vuelco a su vida con una *pizza* y un roce de manos. Por suerte, el restaurante elegido estaba cerca, la playa estaba cerca. Cogió una mochila que había dispuesto para el trabajo, por si la situación exigía apurar el tiempo, y arrancó el coche.

El joven ya estaba allí cuando ella llegó. Tantas ganas tenía de verlo que lo reconoció aunque fuera difícil sin su habitual uniforme de la pizzería, con sus vaqueros, sus botas moteras, su camiseta negra cubierta por una camisa de cuadros rojos y negros y una chupa de cuero que le daban un toque entre roquero y ochentero. A Estela le encantó cuanto veía, y la cara del joven acreditaba la reciprocidad en la atracción. No obstante, mientras ella acudía prudente y expectante, él desprendía una imponente seguridad en sí mismo y una extraña excitación se apoderó de Estela en cuanto llegó y se saludaron.

—Por cierto, me llamo Jorge —dijo el muchacho, haciendo caer a Estela en la cuenta de que hasta ese momento no se lo había preguntado.

—Yo soy Estela —dijo ella, ruborizada por el despiste. Se sentía un poco tonta por no haberle preguntado su nombre antes.

Él le dijo, entre divertido y arrogante, que ya lo sabía porque había dejado su nombre en el pedido de las *pizzas*. El rubor se apoderó de la farera, apabullada por las primeras frases y esa seguridad que mostraba Jorge, tan aplastante como atractiva. Ella, tan fuerte e independiente, pero tan frágil en lo sentimental tras tanto tiempo sola, sintió en la aplastante seguridad de Jorge una especie de refugio, como si se sintiera protegida a su lado. Esa conexión entre ellos borró el rubor de hacía un momento, como si la seguridad arrogante del joven se contagiara al ánimo de Estela. Y eso, al mismo tiempo, parecía fortalecer la atracción de los dos, parecía crear una unión en los escasos diez minutos que caminaron hacia el restaurante. Aún no llevaban quince minutos juntos y ambos sabían que se avecinaban muchas citas en las que conocerse, atraerse y complementarse. No siempre basta la atracción para que un encuentro se transforme en algo más, ambos lo sabían. Pero esa atracción mutua era lo bastante fuerte como para que, independientemente de cómo resultara aquel primer encuentro, ambos se quedaran con ganas de más.

La comida transcurrió de la forma más amena, ambos se contaban sus vidas, sus inquietudes, y el interés de cada uno en el otro era patente. La complicidad fue haciendo acto de presencia, las manos jugaban sobre la mesa y la conversación viró hacia las primeras confidencias. Pocas veces se encontró nadie tan a gusto como Jorge y Estela, la farera y el pizzero. Acabados los postres y el café de rigor, fueron a dar un paseo por la playa.

Un agradable cosquilleo recorría el cuerpo de la joven, mientras él no titubeó a la hora de agarrarla por la cintura. Se sentía extrañamente protegida, como si la pareja fuera escoltada, aunque nadie más hubiera. Nunca había necesitado esa sensación, Estela era una mujer independiente y libre, pero le resultaba agradable. Él caminaba relajado, como si el mundo entero estuviera bajo su control; se sentía el rey del mundo al lado de la hermosa dama del faro. El sol descendía, el cielo se enrojeció, ruborizado por los primeros besos de la pareja. Sonó la alarma en el móvil de Estela.

—Madre mía, debo irme a trabajar —dijo, con cierto fastidio.

Quedaron para el día siguiente y la joven se marchó.

Bacanal de dudas

Estela llegó al faro aliviada por no llegar tarde, aunque con la rabia de haber tenido que irse cuando estaba tan a gusto. Miraba el móvil de vez en cuando, por si Jorge le enviaba algún mensaje.

—Pero qué tonta que eres… y estás —se oyó decirse casi sin darse cuenta, mientras sentía cómo su boca se estiraba inconscientemente en una sonrisa de adolescente enamorada.

Hacía mucho que no tenía una cita y las llamadas «mariposas» habían hecho acto de presencia. Y ahí estaba, pasando la ronda mientras tarareaba lo primero que le venía a la cabeza. Sin darse cuenta, podía sentir la energía recuperada tras esos días de brutal cansancio que no hacía mucho había atravesado.

Terminó la ronda, preparó su café y volvió a asaltar su libreta. Volvió a aquella estrofa que había dejado atrás, esperando esa palabra que nunca le salía. Volvió a coger su libro y a seguir leyendo, como hacía cuando se bloqueaba. De vez en cuando, volvía a su libreta y, cuando se sentía atascada, regresaba a su libro. Y así fueron pasando las horas cuando, tras otra ronda y otro café, volvió a sentir el masaje en sus hombros. Otra vez la visita, y esta vez a pesar de haber estado con Jorge. Le resultó extraño, pero tampoco hacía ascos. Se sintió relajada y el agradable cosquilleo de unas horas antes volvió a recorrer su cuerpo.

Era extraño que su visitante le provocase ahora la misma sensación que el joven, que la había encandilado. Ella echaba su cabeza hacia atrás, con los ojos cerrados, dejándose mimar por aquellas manos desconocidas y azuladas. Aún sin permitirse abrir los párpados y ver a su acompañante, podía sentir el color de sus manos. Sintió como si se transportara y, al abrir los ojos, estaba apoyada sobre la mesa, sintiendo cómo esas manos recorrían ahora su espalda y donde esta termina, jugando a rozar su sexo al final de sus nalgas y disponiendo de ella como estaba segura de que Jorge lo haría. Se preguntó si aquellas presencias no tendrían alguna relación con él, toda vez que solían desaparecer cuando él estaba, aunque ahora se atrevieran a visitarla en las horas previas y posteriores a aquella primera cita.

No pudo evitar recordar esa breve visita en su casa, antes de quedar con el joven. Ahora estaba desnuda sobre la mesa, recibiendo un nuevo masaje y a punto de liberar sus deseos para modelar aquel encuentro. Las manos parecían cambiar su accionar por momentos, como si la mente de Estela estuviera decidiendo entre estar con un hombre, una mujer o, quizá, todo junto.

Rozó con sus manos, quizá en un último atisbo de consciencia, la zona donde estaba aquel primer chupetón que la hacía recordar *flashes* de otros encuentros, notando de nuevo cada sensación y hasta alguna otra que se le hacía nueva por no haberla evocado anteriormente. Sintió su sexo invadido, sus caderas asidas, su boca ocupada en un fantasmal falo, su espalda acariciada y, a ratos, besada y lamida. Su deseo se había desatado tanto que ya no sabía quiénes estaban con ella, solo gozaba de aquella bacanal sin vino que había organizado su propia mente.

Dejó de preguntarse y responderse nada, dejando su cuerpo a merced de sus visitantes, dejándose colocar de esta y aquesta manera y dejando a sus fantasmas disponer de ella a su antojo. Se entregó como pensó que lo haría con Jorge, que no salía de su pensamiento pese a estar siendo manejada por aquellas espectrales formas que, desde hacía poco tiempo, la visitaban en el faro.

En el punto más álgido de aquel encuentro grupal, volvió a despertar. Vestida, en la misma posición, con su taza delante, lo de siempre. Una visita más si no fuera por esa intensidad menos progresiva que otras veces. Tuvo —aún más— claro entonces que su mente sí era capaz de trazar el guion en cada visita, tuvo claro que su pasividad y entrega incondicional venía de ver colmados sus deseos, pues eran estos los que decidían el devenir de cada encuentro. Tuvo claro que nada estaba claro, pero pensaba que Jorge debía tener alguna relación en todo esto: había pensado en él en todo momento mientras era poseída por aquellos eróticos fantasmas y estaba segura de que el mismo gozo encontraría cuando llegara el momento con su roquero favorito. Decidió que quería probar su teoría, cumpliendo además con su deseo más que consolidado tras conocerlo, desnudando su intimidad con Jorge en la próxima cita o cuando viera que la ocasión se prestaba a ello. Se preguntó si aparecerían los fantasmas entonces. Con cara de pícara, pensando en cómo la satisfaría cualquiera de las posibilidades que pasaban por su cabeza, acabó el café y fue a pasar la ronda.

Fue entonces cuando se dio cuenta de un detalle, como si su mente hubiera recordado algo pese a que nada parecía haber olvidado. Hacía tiempo que la luz no hacía esos guiños inquietantes antes de que vinieran los fantasmas ni el escalofrío subsiguiente recorría ya su espalda. Sus visitantes parecían no necesitar un preámbulo, una introducción, sino que llegaban y la tomaban con total confianza, como si hollaran terreno propio. De alguna manera, esto desconcertaba un poco a la hermosa Estela, ya que no sabía si era su propio deseo el que hacía innecesario tanto preámbulo, si en el fondo quería verse sorprendida… Al margen de si Jorge tenía algo que ver —de lo que cada vez se convencía más—, ese infinito placer y ese deseo de más placer aún eran fuente simultánea de gozo e inquietud. Y, no sabiendo qué pensar, decidió que esas preguntas estarían entre sus notas mentales. Ya se resolverían sin prisas. Al fin y al cabo, no solo no había daño alguno, sino que disfrutaba de las visitas y ahora quería añadir el poder disfrutar con el joven. «Al menos un amante de carne y hueso… y que me encanta», pensó sonriendo.

La noche pasó sin sobresaltos, como casi siempre. Aquellos granos de sal en la rutina se habían convertido ya en su rutina. Sin embargo, no se aburría como solía pasar cada vez que una excepción se acababa convirtiendo en costumbre. Dentro del carácter cotidiano que habían tomado esas excitantes visitas de «sus fantasmas», siempre había espacio para la novedad. Nunca había tenido dos visitas iguales. De lo que dedujo, vistas las conclusiones que iba sacando según se producían los encuentros, que tampoco había tenido dos deseos iguales o que al menos su propio deseo no le había «pedido» repetir ninguna de las prácticas que había realizado. Lógico, por otra parte, en una persona creativa; se podría decir que la variedad y la originalidad de cada cita con sus fantasmas eran parte de su rutina. Acabó pensando que rutina y monotonía no tenían por qué ser sinónimos. Las visitas eran rutinarias, lo que ocurría en ellas, no. Y, por eso, esta rutina en concreto podía tildarla de lo que fuera, menos de monótona.

¿Jorge? Romance con la locura

Terminó su turno, los datos estaban en su tablilla y terminó de recoger su salita antes de marcharse. Condujo hasta su casa, previa parada en la tienda y en la gasolinera. Un zumo de naranja y unas tostadas con jamón nutrieron su cuerpo antes de que la placentera ducha caliente surtiera su relajante efecto sobre la joven. Aún sin terminar de quitarse el albornoz, se dejó caer sobre la cama, extendiendo los brazos y las piernas antes de encogerse un poco y cerrar los ojos. No había querido tomar café, le apetecía dormir un poco. Y ahí estaba Estela, desnuda y relajada sobre la cama. No tardó en quedarse dormida, cayendo en un profundo sueño que consumió sus horas hasta el mediodía.

Despertó y un mensaje en su móvil deshizo sus planes para aquella tarde. Jorge había tenido un imprevisto y no podría acudir a la cita. Sin embargo, sintió que no tenía ganas de pensar demasiado. Al levantarse, se vistió y salió a correr un poco. Estaba cargadísima de energía entre la jovialidad que le regalaban las visitas nocturnas y el reparador sueño del que había despertado unos minutos antes. Llegó hasta la playa, recorrió su línea hasta el final, volvió y empezó a hacer algunos estiramientos en las dunas. Desde ellas, se veían algunos locales cercanos. Uno de ellos era la pizzería donde Jorge trabajaba. Creía verlo aunque el joven no estaba, aparecía en su mente hasta que sus ojos le negaban su presencia… Sonrió y volvió a repetirse cuán tonta era, mientras sentía unas manos en su cuello. De nuevo ese masaje, de nuevo esas manos, de nuevo la relajante excitación y Jorge en su mente, presente sin estar. Las manos asieron sus pechos y su sexo no quedó sin su parte de esas caricias. Estela se mordía el labio inferior, procurando no liberar ningún gemido. Desde el pueblo, ella era imperceptible entre las dunas, aunque los huecos entre estas sí le permitían a ella ver esos locales. Sin embargo, la prudencia invitaba a evitar cualquier sonido que atrajera alguna mirada o, incluso, una visita más corpórea que la que allí estaba teniendo.

Disfrutó de aquellas manos, del pensamiento de su amado, del riesgo de ser descubierta y del aire libre rozando su cuerpo. No se había quitado ropa alguna, pero sentía esas manos como si la barrera de prenda alguna no existiera. El placer la incitaba a jadear, pero ella contenía los jadeos y gemidos. El miedo a ser descubierta incrementaba el placer, y el círculo vicioso —nunca mejor dicho— la atrapaba en esas dunas. Atrapada sin querer escapar. Liberada únicamente por una explosión de placer que extasió a Estela en aquel lecho de arena. Al abrir los ojos, encontró la mayor de las sorpresas:

—¿Jorge?

El joven no estaba allí, pero ella veía su imagen ante sus ojos. Nunca los había abierto durante sus visitas en el faro ni en las pocas que habían ocurrido en su casa, pero esta vez lo hizo creyendo que el espectro ya se había ido. Sin embargo, lo estaba viendo y su imagen era una exacta réplica del joven con el que había comido y paseado por ese mismo lugar en su reciente cita. Se sentía desorientada, perdida, desconcertada, confusa… ¿Confirmaba eso la supuesta relación de Jorge con los espectros? ¿Sería su deseo modelando aquel encuentro con la imagen de aquel Romeo macarra que la había conquistado? ¿Se estaba volviendo loca? Y de ser esto último, ¿estaba amando y alimentando su propia locura?

Tantas dudas en un instante la sumían en un desconcierto ansioso, empezaba a desesperarse ante tanto esquema roto que estaba llevando su mente al límite y quiso tomar como buena cualquier respuesta, como quien abraza cualquier creencia ante el miedo a la muerte. Eligió con la urgencia de quien teme perder la cabeza, aunque no dejó que el azar decidiera. Se convenció a sí misma, no sin esfuerzo, de que era su deseo quien había dibujado la presencia de Jorge en aquel etéreo visitante. Le parecía lo más lógico, a tenor de lo mucho que deseaba compartir su cuerpo con él y de la ya demostrada capacidad de su mente para que las visitas fueran del modo y manera que los más ocultos pensamientos de Estela dictaminaran.

No había nada que deseara tanto como recibir dentro de sí a ese joven que provocaba sus sonrisas más infantiles y pícaras al mismo tiempo con solo pensar en él. Estaba henchida de deseo y devoción por el muchacho, aun no atreviéndose a pronunciar esa palabra sobre la que, a lo largo del tiempo, se han cargado tantos estigmas de cursilería: estaba enamorada. Sin embargo, a ratos lo dudaba, cuestionándose sobre su soledad y si este joven de verdad la había conquistado por su atractivo o si solo era el último oasis en el desierto que era su vida. Un tarro de sal en su rutina, en lugar de esos granos que ella solía usar como metáfora de cada anécdota puntual que le ocurría.

Volvió a casa, excitada aún después del inusual encuentro, con una sensación de ligereza como si el placer experimentado y haber elegido una respuesta «lógica» ante la imagen espectral de su pizzero le hubieran quitado un peso de encima. Tenía que cenar y ducharse antes de una nueva jornada en el faro y, aún con el tiempo que le quedaba libre, aprovecharía para pelearse con esa estrofa que nunca acababa de cuadrar. Había cambiado las cuerdas de la guitarra y había comprado más corrector para no tener que tachar cada errata. Manías que retomaba cada vez que componía o escribía. No soportaba que se le resistiera ese dichoso verso para cerrar la estrofa que lo contenía y poder continuar con su canción.

Llegó la hora de cenar y ducharse y la palabra se resistía, una vez más, a ser hallada, mientras la melodía tampoco permitía introducir alguna otra que expresara lo que quería decir. Cogió ese libro que estaba leyendo, ávida de continuar con la trama y, al tiempo, de encontrar palabras nuevas que dieran salida al cerrado callejón donde se sentía atrapada entre la métrica, la melodía y esa palabra que huía de ser encontrada. Cenó casi a desgana, frustrada por ese bloqueo en su proceso creativo que ni siquiera le permitía disfrutar de su deliciosa cena. Le podía el enfado consigo misma y con la canción en sí misma, pero la ducha caliente atemperaba sus enojos. Otra vez su «sexo de reconciliación», otra vez se masturbaba en la ducha… Otra vez se sorprendió al ver que no estaba sola.

Sus visitantes ya no se conformaban con encontrarla en el faro, sino que ahora podía dejarse hallar en cualquier parte: en su ducha, en la playa aquella misma tarde… Dudó de la relación de Jorge con estas presencias, teniendo en cuenta que ya no desaparecían ante la proximidad de un encuentro con el muchacho. Seguía convenciéndose de su respuesta elegida, aunque en ese momento ni siquiera estaba pensando en él cuando sintió unas manos poderosas asiendo sus pechos mientras ella se tiraba del pelo y acariciaba su pubis. De hecho, aun acariciándose la piel seguía frustrada por su crisis creativa. De nuevo, después de algún tiempo, volvía a sentirse inquieta. Su respuesta elegida podía no ser la correcta, ese momento era un indicio de ello, y ese pensamiento hizo que se encendiera el miedo a volver al punto de partida, a la inquietud y a cuestionarse la respuesta a cada una de sus preguntas. Seguía disfrutando de sus encuentros, los seguía deseando cuando faltaban, pero ese no entender absolutamente nada la estaba volviendo loca.

Fantasmagoría

Llegó al faro casi a su hora. Normalmente, le gustaba llegar con tiempo, en atención a que cualquier imprevisto pudiera demorar su regreso. Ella era una profesional, aunque ahora se encontrase menos centrada por tanta duda, alegría y sobresalto. Intentaba serenarse pensando que cualquiera podría sentirse tan desnortado como ella si estuviera experimentando fenómenos tan extraños, aunque placenteros, al tiempo que parecía estar a punto de iniciar un romance y, mientras, sufría una crisis creativa dentro de su afición a la música y la poesía. «Que te vuelquen a ti el mundo, a ver cómo te mantienes en tus cabales», exclamó dirigiéndose a un interlocutor imaginario.

Se sorprendió a sí misma por su enojo. Estaba tensa, como si alguien hubiera increpado a la joven por su dispersión, pese a que su soledad hacía imposible que nadie le hubiera dicho nada. Trató de relajarse leyendo mientras sorbía su café caliente. Había pasado ya su ronda habitual y se sentía demasiado inquieta en relación a como ella solía ser. Incluso llegó a agradecer estar tan sola, pensando que esa tensión que sus inquietudes le infundían la podía haber pagado con cualquiera aunque no tuviera culpa alguna. Rompió en llanto y sus lágrimas la cegaron, dejando a sus ojos ver solo turbiedad delante de ella. «Mis ojos están desenfocados, cuán desenfocada se está viendo mi vida», se decía con una amarga tristeza que era totalmente inusual en la jovial Estela. Se sentía desbordada, entre el amor, el placer, las dudas… No recordaba la última vez que se sintió tan vulnerable, tan impotente, tan a merced de lo que le pasaba. No había deseo que modelara aquella situación como en esos encuentros de los que tanto solía disfrutar.

En estos pesares andaba sumida cuando el sueño hizo acto de presencia. Estaba sentada con su libro, su taza de café ya vacía y su libreta. Había alternado la lectura con la anotación de esas palabras que le gustaban o le llamaban la atención. El sabor del café había templado sus nervios sin que la cafeína hubiera alejado de ella el sopor, poso que deja cada llanto que termina. Se vio llevada en volandas por unas manos invisibles, que la conducían hasta un prado. Podía intuir media docena de presencias que cargaban su cuerpo inerte y desnudo hasta dejar a la joven en la hierba, que olía a mojado, sin que la presumible humedad del verde tapete resultara molesta en absoluto. Por el contrario, era más que agradable el tacto de esa hierba con aroma a recién llovido. Las manos de los presentes comenzaron a recorrer su cuerpo. No había erotismo en las caricias de las invisibles manos, más bien había una sensación de respeto e, incluso, de protección. Estela no sentía excitación, sino confort. No sabía si estaba llegando al extremo de su locura o si esa agradable sensación supondría un alivio y la vuelta a su carácter alegre de siempre, pero disfrutaba con las caricias sin hacer ningún ademán. Su cuerpo permanecía inmóvil, inanimado, como dejándose morir mientras hallaba pura vida en las amorosas manos que mimaban su piel. Ese estado de relajación podía ser incluso desconcertante, si bien en ese momento era lo que más necesitaba.

Despertó en un instante, súbita y rápidamente, aunque revestida de calma. Volvía a estar en aquella silla. Apoyada sobre la mesa, su rostro besaba aquella superficie rígida cuando ella abrió los ojos. Debió ser un sueño breve, pues la taza de café aún estaba tibia, no se había enfriado del todo. Sin embargo, se sentía liberada del pesar que la había afligido durante las horas previas. Ni siquiera mostró la extrañeza de verse vestida de nuevo, esta vez sí entendía lo ocurrido con un sueño. Pero se sentía energizada de nuevo, liberada de esa losa de tristeza que la había atrapado antes del, más que nunca, reparador descanso que brevemente había tenido. Se incorporó y miró a su alrededor. Todo le parecía más luminoso, como si abrir los ojos de nuevo le permitiera ver un leve halo de luz rodeando cada objeto ante ella. Había algo escrito en su libreta y no recordaba haber cogido el bolígrafo. Rezaba así:

> *Estela sueña en el faro*
> *con caricias y presencias,*
> *con aromas, con esencias,*
> *con refugio y con amparo.*
> *Se fue su tristeza, claro,*
> *dando paso a la alegría,*
> *se fue cuanto la afligía,*
> *viene un nuevo pensamiento:*
> *trae placer, que no tormento,*
> *esta fantasmagoría.*

La letra era la suya, si bien ella no recordaba haber escrito más que alguna palabra que había pescado en su libro. Además, ella nunca había escrito en décimas. No obstante, la inquietud que cabría esperar no llegó.

—Y del susto se rompió la magia —murmuró, recordando esa vez en que despertó súbitamente tras verse flotando en el aire mientras recibía aquel masaje.

Pensó en cada visita, en cada suceso extraño que venía sucediendo desde aquella primera vez cuando despertó de un sueño con aquel extraño chupetón. Volvió a tocar esa parte del cuello donde esa marca, al ser rozada, le traía de vuelta tantas sensaciones que su memoria recogía tras cada encuentro con sus misteriosos visitantes. Volvieron los masajes, los arañazos, los azotes, los mordiscos… Llegó incluso a orgasmar ante el cúmulo de sensaciones desatadas de repente.

—Más granos de sal en la rutina… ¿O es que mi rutina se ha vuelto salada? —dijo mirando de reojo al poema que cubría la hoja de su libreta.

Cogió su tablilla y, tras componerse de nuevo la ropa, se fue a pasar la ronda.

A su vuelta, repasó el extraño poema. Seguía reconociendo su letra, aunque no recordaba haber escrito más que aquellas palabras sueltas que había encontrado mientras leía. El estupor no la abandonaba por haber utilizado esa métrica que nunca usaba. Había escrito en sueños, lo tenía claro, si bien el estupor ocupaba el lugar que unas horas antes habría habitado la inquietud. Estaba sorprendida pero tranquila. No obstante, sus ojos se quedaron clavados en esa palabra, *fantasmagoría*.

Le resultaba extraña, no por desconocida, sino por poco habitual en su uso. La repitió varias veces en voz baja y su sonoridad agradaba a la joven. «Fantasmagoría, fantasmagoría, fantasmagoría…». Su voz iba *in crescendo*, disfrutando de pronunciar dicha palabra. Había pasado del susurro al grito, consciente de que allí donde estaba nadie escucharía su voz emocionada, casi poseída, por el sonido que resultaba de articular el recién hallado vocablo. La emoción embargaba a la bohemia Estela, que incluso empezaba a cantar aquel poema que había escrito en el trance que había sido el breve sueño. Estaba fuera de sí, poseída por un sonido, como si su reiteración y las notas que entonaba sin darse cuenta desataran en su mente una danza tribal de las que inducen una alteración de la conciencia. Una idea cruzó su mente como si fuera un rayo que la fulminara y se detuvo en seco. Corrió hacia su libreta, siendo consciente solo en ese momento de que había correteado por la sala en ese trance sonoro. Esa palabra la había embargado, la había poseído, la había desatado… y encajaba perfectamente en la letra de su canción.

Una suave y agradable zozobra invadió a Estela en ese momento. Entre todo el misterio que había atrapado su vida en esos tiempos recientes, algo se había resuelto. La canción se había desatascado gracias a esa escritura en sueños. La tensión que le provocaba ese atasco creativo empezó a salir de ella mientras estaba sorbiendo otro café y se serenaba después del estallido que acababa de protagonizar. Sintió el tacto de unas manos en su piel, la caricia fantasmagórica de nuevo en su cuerpo desnudo. Sus ojos quedaron sellados por su propia voluntad y se dejaba llevar de viaje por los sentidos. Las caricias volvieron a dejarse sentir, embriagadoras y relajantes, sobre la piel de la joven farera. Algunas manos cedieron el testigo a algunos labios, cuya levedad aumentaba la intensidad de las sensaciones. El relax y la libido venían de la mano, transportados por aquellos misteriosos visitantes que habían rescatado a la bella Estela de sus pesares. La piel volvía a erizarse, podía sentir cómo se erguían sus pezones, y hasta el vello se habría puesto de punta de haber estado presente. Un dulce manantial de sensaciones se deslizaba por todo su ser con apenas leves caricias y besos. Puede ser tan excitante sentirse en paz…

Unos labios sellaron su boca y ella correspondía al fantasmal ósculo. Las caricias y besos, repartidos por el resto de su piel, sumieron a la farera en un trance más profundo, soltando la mano de la calma y asiendo poderosamente la del placer. La excitación aumentaba a un ritmo frontalmente opuesto a la pausada suavidad con que se producía cada beso, cada roce, cada estímulo… Nada sonaba en aquel lugar, aunque ella se sentía jadear con todas sus fuerzas. Sentía la fuerza del aire saliendo de su boca, si bien no oía jadeo ni gemido alguno. Quizá fuera la calma la que nublaba su mente y no procesaba los sonidos que recibía. Quizá sus umbrales de percepción estaban más que superados. Tal vez el trance sensorial en que estaba sumida atenuara, paradójicamente, sus sentidos a pesar de la fuerza con que sentía el aire saliendo de su excitado y calmado cuerpo. Sea como fuere, nada alteraba el silencio con que se desarrollaba ese encuentro. O eso, al menos, pensaba cuando despertó después de un intensísimo orgasmo.

En los brazos de Jorge

Acabó la jornada y Estela salió del faro. Las toallitas húmedas y la muda de recambio fueron muy socorridas para paliar los efectos de ese nuevo éxtasis tras la erótica ensoñación. Se encontraba relajada y el inquietante pesar del día anterior se había marchado por completo. Quedaba mucho por resolver y entender, sí, pero lo enfocaba desde otro ángulo. Al menos, sus visitantes estaban ahí, al rescate, evitando que la locura la invadiera. Esa certeza la llenó de confort y calma. No fue tanto la sucesión de ensoñaciones y orgasmos como el hecho de que, a pesar de que su compañía fueran esas presencias incorpóreas, no estaba sola. No se sentía sola.

Llegó a casa tras parar en el bar del pueblo a desayunar. Aquel día le había apetecido tomar la primera comida del día en aquella terraza con vistas al mar. «A veces, la estrella polar necesita bajar a la Tierra y convivir con aquellos a los que guía», había anotado en su libreta mientras el café ayudaba al último bocado de su tostada a bajar por su garganta. Satisfecho su apetito y satisfecha esa necesidad de encontrar frases en su cabeza, había vuelto a su casa, donde la ducha acrecentó la sensación de paz que atemperaba sus emociones. Tomó su guitarra y tocó de forma enérgica, animada, siendo la viva muestra de que la paz y la quietud no tenían por qué ser sinónimos. A veces, sentirse en paz es lo que te da la energía para cantar, gritar, reír a carcajadas… Simplemente, vivir.

Tras un almuerzo ligero, dio una cabezada en el sofá de su salita. Una leve duermevela venía bien de vez en cuando para afrontar la tarde y parte de la noche. También podía ser la mejor manera de atraer la visita de las musas. A veces, cuando la mente está más tranquila es cuando la creatividad puede alcanzar sus cotas más elevadas. Al fin y al cabo, es cuando menos asuntos ocupan nuestra mente y, habiendo más espacio en el vaso de nuestra cabeza, es cuando se puede llenar con mil ideas.

La alarma del móvil fue la que interrumpió su dulce siesta. ¡Había quedado con Jorge! Casi se le olvidaba. Las musas salieron espantadas de su cabeza en cuanto empezó a corretear por la casa: al armario, a la cómoda, a buscar todo aquello que necesitaba para arreglarse un poco. Ese día irían al cine, otro de esos placeres que compartían. El corazón de Estela latía a un ritmo frenético entre la ilusión por ver a su joven amado y su vertiginoso recorrido por la casa: quería ponerse de lo más guapa para su cita y andaba algo apurada de tiempo.

Jorge terminaba de arreglarse la barba. Por primera vez en mucho tiempo, estaba ilusionado. Faltaban unos minutos para su cita con Estela y quería ponerse lo más rompedor posible. Tras su apariencia macarra y su personalidad, sólida y segura hasta parecer insultante, tenía su corazoncito. Llevaba tiempo sin estar con nadie, hacía poco que había llegado al pueblo y se había sentido muy solo. Apenas tenía el trabajo de repartidor. O, mejor dicho, varios empleos como repartidor. El de la pizzería, por lo que se le conocía en el pueblo, era el más reciente que había encontrado, pero no el único. También hacía trabajos de mensajería para una empresa del pueblo vecino. Trataba de subsistir y sumar algún dinero a unos ahorros con los que pretendía montar su propia tienda de motos. Tenía sueños, ilusiones y sus propios fantasmas, como todos los tenemos. De hecho, había llegado al pueblo por la necesidad de poner tierra de por medio.

El piso donde vivía era pequeño, con lo justo que necesitaba para el poco tiempo que pasaba en casa. Aun así, tenía un pequeño santuario en una habitación que quedaba sin otro uso. Tenía un mueble con fotos de distintas personas, entre ellas las de sus padres. Se despidió de ellos besando las fotos, se puso la chupa de cuero y se marchó. Ya iba sobre la hora y no quería hacer esperar a Estela.

Llegaron Estela y Jorge prácticamente a la vez al lugar donde habían quedado. Se abrazaron como si hiciera años que no se veían y se besaron con ansia. De alguna manera, a Jorge se le cayó por un momento la fachada de tipo duro mientras que Estela, sorprendida por la efusividad del joven, disfrutaba de ese momento; apenas era la segunda vez que quedaban y ya veía grietas en la coraza del pizzero que podrían conducir hacia su corazón. Caminaron por el paseo marítimo, charlando y bromeando, hasta que llegaron a la última balaustrada y bajaron la escalinata que conducía a la playa. Se sentaron en la arena, contemplando el cielo, que se fundía con el mar en el horizonte. Si bien en la primera cita Estela había estado nerviosa y hasta atolondrada ante la presencia imponente de Jorge, esta vez ambos estaban relajados y acaramelados. Ella había querido mostrarse tal cual era, sin nervios ni timidez que valieran. Él había decidido abrirse a la joven, dejarse conocer por debajo del cuero y la impostura de su arrogancia. Unos besos más añadieron temperatura al ambiente y, un rato más tarde, estaban en casa de Estela, en la intimidad de su habitación. Sí, el plan de ir al cine se les había olvidado por completo.

La ropa poblaba el suelo, estrellada tras un vuelo sin motor. Los dos yacían sobre el colchón envueltos por el calor que desprendían sus cuerpos. Los besos y caricias ganaban torridez y dejaban atrás la ternura, siendo la válvula por donde fluiría todo el deseo acumulado de Estela y Jorge. Él la vistió de su saliva, paseando su lengua por cada centímetro de piel que cubría el cuerpo de su amada. Ella se dejaba hacer, inflamada por la lascivia que en ese momento saturaba la atmósfera. Desde aquel primer roce de manos cuando Jorge llevó la primera *pizza* al faro, llevaba Estela deseando ese momento. Jorge también lo deseaba con todo su ser y lo demostraba por el ansia con la que sus labios y su lengua recorrían el cuerpo de la farera. Se volteó y la boca de cada uno dispuso a su antojo del sexo del otro. Ella pensó, por un momento, que era la primera vez en mucho tiempo que tenía un encuentro íntimo con alguien cuyo cuerpo pudiera tocar. Sonrió levemente y siguió con su tarea.

Jorge se tumbó dispuesto a ser cabalgado por su musa. Ella galopaba a horcajadas sobre él, estirando su cuerpo para besar a su tierno macarra y moviendo sus caderas con lentitud, dejando que su montura penetrase más en ella, mirando a los ojos de su chico y leyendo en ellos el deleite que suponía para él sentir en su glande el calor de su cuerpo. Su vulva jugaba con el miembro del pizzero, que se disparó de repente ante la sensualidad y los pausados vaivenes de Estela.

—Oh, disculpa, yo… —tartamudeó el joven, poniéndose rojo.

—¿Ahora dirás que es la primera vez que te pasa? —bromeó Estela—. Tranquilo, cielo, no es el fin del mundo… ni de nuestras citas. —Esto pareció tranquilizar a Jorge. La pícara sonrisa de Estela resultaba a la vez reconfortante.

—No, en absoluto. Ni es la primera vez ni será la última, supongo. Pero me he visto desbordado. Tu sensualidad, tus movimientos, mis ganas… —se sinceró.

Un beso largo de Estela silenció a Jorge, que la abrazó como si quisiera asirse a ella hasta el fin de los tiempos.

La alarma del móvil de Jorge sonó. Era hora de ir a casa, cambiarse y entrar a trabajar. Comenzó a vestirse mientras la luz hizo un extraño guiño. A Estela le vino ese escalofrío ya conocido en la espalda. Era como estar en el faro cuando las misteriosas presencias la visitaban. Sintió una docena de manos recorriendo su cuerpo, volvió a encenderse su deseo y un orgasmo la hizo voltear los ojos y gemir con ahogo, como intentando reprimir ese estallido de placer delante de Jorge. Sin embargo, este ni se inmutó:

—Creo que te dejo en buena compañía —dijo, para sorpresa de la orgasmante farera—. ¿Nos vemos mañana y charlamos con más tiempo?

La sonrisa de Jorge, lejos del sobresalto o la extrañeza que cabría presumir, desconcertó a Estela. Sin embargo, Jorge tenía que irse y no le daría tiempo a explicar mucho más.

—Lo he pasado genial contigo. Hasta mañana, princesa —dijo antes de despedirse con un último beso.

—Hasta mañana, tesoro —apenas acertó a decir Estela.

Se sentía avergonzada por aquel orgasmo al estilo del faro delante de su amado, a la par que extrañada por su reacción tan calmada. Al mismo tiempo, deseaba la cita del día siguiente, ya no solo por lo que sentía por Jorge, sino porque su temple ante una situación tan extraña le hacía suponer que alguna relación habría o que, al menos, la clave del misterio estaba ya más cerca.

El joven se marchó y la farera aún yacía desnuda y extasiada sobre la cama. Ahora fue su alarma la que sonó. Era hora de ducharse, cenar algo ligero y preparar sus cosas para pasar otra noche en el faro. Los granos de sal en la rutina ya eran demasiados y se salían de su patrón habitual. Sin embargo, sentía que todo estaba más cerca de cobrar sentido… Y, además, estaba contenta por haber estado por fin en los brazos de Jorge.

Jorge al desnudo

Jorge estaba teniendo un turno de trabajo bastante aburrido, no tenía demasiados repartos que hacer; de hecho, llevaba apenas un par de entregas y habían sido cerca del local. No paraba de recordar, con una sonrisa que idiotizaba su cara, su cita con Estela. Era la primera vez en mucho tiempo que se había atrevido a abrirse tanto, aunque era consciente de que no había mostrado mucho. Simplemente, se había quitado aquella coraza de tipo duro, arrogante y demasiado arrollador que le hacía parecer un chulito prepotente. Había mostrado su faceta tierna, había besado despacio y acariciado con suavidad. El colofón en la cama de Estela, si bien al principio le produjo inseguridad, luego entendió que le había sido una buena baza: había mostrado sin dudar una vulnerabilidad, Estela la había entendido y le había respondido de una manera que reforzaría la seguridad y autoconfianza de cualquiera, diciéndole que no pasaba nada y que nada se echaría a perder por haber sucumbido a la excitación tan pronto. El ego sexual, a veces, juega malas pasadas. Sobre todo si se ve herido por algo que, en realidad, es normal. De alguna manera, Jorge se sintió reconfortado, pues a pesar de haber mostrado esa insultante arrogancia, ella había repetido su cita con él, que a su vez había podido mostrarle esa ternura que escondía bajo la impostura de su chulería. Al fin y al cabo, era la coraza que cubría sus debilidades. Ahora empezaba a sentirse seguro para prescindir de aquella fachada.

Acabó su turno y se fue a casa, en busca del confort y el descanso necesarios para madrugar y entrar en su media jornada como mensajero. El pueblo no estaba lejos y los repartos no eran nada del otro mundo, pero llevar adelante dos trabajos implicaba asumir doble responsabilidad y, en ocasiones, había algún pico de estrés. No obstante, él se refugiaba en el sueño de tener su tienda de motos para sobrellevar la cruda realidad del pluriempleo. Tan cruda que, por horario y por salario, entre los dos empleos apenas sumaba uno.

Cruzó la puerta de casa y se despojó de la ropa. Se dejó mimar por el agua caliente de la ducha y cenó algo de *pizza* que había quedado al cierre del local. Se decía que no entendía cómo podían tirar lo que quedaba en vez de repartirlo entre los empleados al cierre de cada día, aunque él había pedido permiso al encargado para llevarse un par de porciones. Así no tenía que cocinar y, cenando así noche tras noche, algo se ahorraba. Puso algo de música, esa noche le apetecía oír algo de Scorpions. Entró en su santuario y besó la foto de sus padres.

—No sabéis lo solo que me siento. Si aún estuvierais en este mundo… —La voz de Jorge temblaba—. Menos mal que he conocido a Estela. Creo que os habría gustado. Es tierna, vital, bohemia y soñadora, pero luchadora, trabajadora y empoderada. Es como tú, mamá.

Jorge se descomponía en sollozos. Sus padres habían fallecido hacía cuatro años. Su padre se había ido víctima del cáncer. Su madre, unos meses después, cuando la pena nubló su mente y tuvo una fatal caída por las escaleras de su casa. Él estaba muy unido a ambos, era hijo único, había sido objeto de los mejores cuidados, había recibido el máximo cariño y había sido feliz casi toda su vida. Sin embargo, la pérdida de sus padres había sido el peor punto de inflexión de toda su vida. Nunca había vuelto a ser el mismo.

—Ya lo sé, papá, en tu época no éramos tan ñoños. —Jorge sonreía entre lágrimas tratando de bromear con esa foto que lo miraba, con rostro serio aunque amable—. Pero piensa que tu hijo vuelve a tener algo latiendo ahí dentro.

Jorge descargó su llanto, echaba mucho de menos las blancas manos de su madre en la cara para ofrecerle consuelo y a su padre, tratando de hacer de padre de su época, diciéndole lo blandengue que era y contándole batallitas de juventud. Era un hombre recio pero bueno y tierno. Sabía salir de su personaje de «viejo gruñón» cuando su hijo lo necesitaba, comprendía que tenía sentimientos y que estábamos en otros tiempos donde las corazas no debían existir en las distancias cortas. Jorge lloraba, sudando lágrimas de nostalgia e impotencia.

Una luz inundó la sala. Una dulce sensación, un paternal abrazo, estremeció el cuerpo del muchacho. Un tierno roce de manos pareció conmover sus mejillas. Las lágrimas de Jorge —y no era la primera vez— habían invocado a aquellos cuyas fotos servían de refugio al joven sensible que se escondía bajo una chupa de cuero en el momento en que *Still loving you* sonaba con fuerza en ese final intenso que tiene. Él podía verlos.

—Ella ya los conoce. Creo que debo contárselo —les dijo a sus padres.

La imagen de su madre se compuso las gafas antes de asentir con la cabeza. Su padre le dirigió una mirada que mezclaba un gesto de ánimo y una sonrisa de orgullo: su hijo, sin su arrogante coraza, se comportaría como un valiente al revelar sus secretos.

Unas manos se apoyaron en los hombros de Jorge a la par que sus padres volvían a encerrarse, caminando hacia detrás y sin dejar de mirar hacia él, en las fotos en las que el joven solía buscar consuelo. Jorge, con ademán majestuoso, se volvió y ahí estaban las presencias. Aquellas que habían invadido con lanzas de placer el mundo de Estela eran viejas conocidas de Jorge. Él las miró serio, con una mirada dura a la par que comprensiva.

—Me habéis metido en una buena —dijo con firmeza—, pero os lo agradezco. Ella es una mujer fascinante. Espero que pueda digerirlo.

Su expresión era firme, como si recobrara las fuerzas, a la vez que destilaba ilusión y emoción. Sabía que aquellas presencias obraban por su bien, aunque a él no le gustaba lo que hacían. Agradecía la intención, pero tenía miedo: ¿a cuántas personas no podría perder al revelarles el asunto de aquellos entes si le tomaban por un loco o, quizá, algo peor?

Los espectros miraron hacia él, cariacontecidos por el amago de regañina, pero complacidos por haber acercado a Jorge y Estela. Sabían lo que venía a continuación. Jorge tendría que contarle a Estela lo que ocurría y ella tendría que tomar una determinación. Jorge se fue a la cama, relajado tras la ducha, la cena y aquel abrazo con sus padres. Mientras, los fantasmas se miraban entre sí y hacían gestos con sus cabezas, como si planearan cómo ayudar al joven y que, esta vez, saliera bien. Desaparecieron. Era hora de poner rumbo hacia el faro.

La última pieza

La noche estaba tranquila. Estela recordaba su cita con Jorge de hacía unas horas. Esos momentos de ternura fueron como ese regalo que no se espera, habida cuenta de la personalidad arrolladora que el muchacho había mostrado en su primer encuentro. Se había sentido como una ola chocando en una roca aquel día; sin embargo, esta vez ambos habían fluido como corrientes de agua en el mismo mar. La joven sonreía, sintiendo de nuevo su cabeza en el pecho de Jorge mientras este la abrazaba y besaba su frente. Se sintió febril recordando la torridez con que sus pieles se sintieron entre las sábanas de su cama. Y la curiosidad la invadió al recordar la frase de su amado antes de marcharse: «Creo que te dejo en buena compañía». Fue cuando las presencias provocaron en ella un éxtasis de caricias. No aparecían cuando él estaba cerca al principio, luego comenzaron a acercarse y ahora habían empezado su visita aún con él delante. Lo que más le extrañaba era que él las había visto, no había mostrado sorpresa alguna y la había emplazado a hablar de ello la próxima vez. ¿Qué diablos estaba pasando?

En esos pensamientos andaba cuando la luz volvió a parpadear. Estela se relajó, sabedora de que el sopor vendría ahora y pasaría a ese plano intermedio entre el sueño palpable y la realidad, entre esas cosas que parecían ocurrir en sueños y las marcas que luego quedaban grabadas en su cuerpo. Esas imágenes que parecían ensoñaciones de su mente y ese «pendrive de sensaciones» que adornaba su cuello. No opondría resistencia, ya se había acostumbrado a dejarse llevar. Pareció dormirse, las manos comenzaron a recorrer su piel desnuda y ella se dejó atrapar por sus visitantes, que en tropel venían. La salita del faro se vio reemplazada por aquel prado a donde las presencias la llevaron cuando casi la atrapa la locura y de donde volvió relajada, lo suficiente para tomar fuerzas y seguir adelante. Gracias a ese ratito en el prado, había estado con Jorge aquella tarde. Estela supuso que, como otras veces, sus deseos podrían determinar el transcurso de la visita. Pero también sabía que en ese prado solo había estado cuando necesitaba calma, paz… Decidió dejar fluir las cosas, a ver qué pasaba. Y si no le gustaba algo, siempre podría concentrarse en algo que cambiara el guion y llevara los acontecimientos por otros derroteros.

Sin embargo, esta vez la visita fue más relajante aún. Las caricias se sucedían, pero esta vez eran más relajantes todavía, un masaje de lo más sensitivo. Estela se dejaba hacer, estaba demasiado a gusto como para echar en falta la lujuria desbordante que acostumbraba a encontrar en sus fantasmas. Más bien prefería quedarse quieta, dejando el cuerpo a merced de esas múltiples manos que parecían, con su presencia, limpiar de tensión su cuerpo y su alma.

—Por favor, abre los ojos —dijo una voz dulce y profunda.

Estela obedeció. Vio múltiples siluetas a su alrededor y sus contornos azulados le transmitían una sensación de paz como no había conocido nunca antes. La silueta que había hablado dio un paso al frente. Era una presencia masculina, aunque difusa como las demás. Sin embargo, se quedó quieta delante de Estela y comenzó a definir sus rasgos. Adoptó una forma madura aunque musculosa, como si tomara la forma de un dios de alguna mitología antigua. Se sentó junto a ella, pasó sus brazos por sus hombros. Ella podía sentir un aura paternal, alejada diametralmente de la dinámica que habían seguido sus visitas anteriormente. No dijo una palabra más, sino que señaló con la mano hacia delante de la joven. Ahí, una silueta tomaba el aspecto de Jorge, aunque de una forma borrosa, como si estuviera detrás de un cristal traslúcido. Otra silueta adoptó una forma femenina, sin facciones ni rasgos demasiado detallados. Ambas se abrazaban, danzaban juntas como en un *ballet* sin música y, de repente, se separaban. Aquella mujer borrosa hacía por acercarse al intérprete de Jorge, sin conseguir llegar a él, antes de llevarse las manos a la cabeza y desvanecerse, como si muriera de pena. Estela miró a su acompañante con una expresión de inquietud en su rostro. Él se limitó a asentir con gesto apesadumbrado.

Otra presencia adoptó una forma masculina. Bailaba junto al émulo de Jorge, en una coreografía que evocaba correrías juveniles. Otras presencias más adoptaban formas de mujer y correteaban en su danza entre ambos, pasando del uno al otro, para luego quedarse atrás haciendo movimientos de expresión corporal que transmitían pesar, dolor y despecho. De repente, la presencia que acompañaba al espectro que hacía de Jorge pasó a quedarse atrás también y todos los entes, menos él y el que acompañaba a la expectante farera, se desvanecieron. Ella no perdía detalle de la danza que las presencias ejecutaban ante ella, tratando de entender la historia de su amado y qué relación tenía con cuanto le había estado pasando a ella.

Dos presencias adoptaron formas de pareja anciana y su danza junto al Jorge espectral reflejaba una felicidad y un amor propios de una familia feliz. El fantasma que emulaba al muchacho danzaba abrazándose al anciano, bailaba hacia la anciana y, cuando volvía hacia la figura paterna, desaparecieron los dos de forma abrupta. El joven se arrodilló, apoyando el codo sobre una pierna y apretando el puño en el que reposaba su frente. Todas las presencias desvanecidas reaparecieron, ayudándolo a levantarse y definiendo los rasgos de su rostro para esbozar una sonrisa de compasión, llevando de un lado a otro al intérprete del pizzero como si le fueran guiando. El rostro de Jorge sonreía melancólico, mostrando mayor o menor tristeza según por dónde lo llevaran. Finalmente, todos se detuvieron justo delante de Estela, que no terminaba de entender esa última parte del *ballet* que los espectros habían desplegado ante ella, antes de desaparecer tras bajar la cabeza como esperando la reacción del público.

—No te preocupes, él te lo explicará cuando os veáis —dijo el anciano ante la mirada confusa de Estela.

La muchacha entendió parte del mensaje que el extraño *ballet* trataba de transmitirle, el resto le resultaba más confuso, pero sabía que tenía ante sí la última pieza de ese puzle que se le había atragantado desde aquella primera noche, cuando algo que parecía un sueño le dejó un chupetón en el cuello.

La confesión de Jorge

Estela despertó, como de costumbre, vestida y en la misma postura en la que el sueño la venció. Esta vez ni siquiera estaba la taza de café ni el libro abierto, no le había dado tiempo a preparar la una ni coger el otro. Miró la hora y quedó sorprendida. Aquel *ballet* tan largo, el masaje de sus fantasmas, ese anciano con pose de deidad paternal que le habló… apenas habían ocupado una cabezada de media hora en el tiempo real. Se acordó de los cuartos de hora de minuto y medio de los que hablaba Johnny Carter en el libro de Cortázar, *El perseguidor*. Fue lo que más le impactó de aquella lectura. Esta vez no tuvo que mudar su ropa ni recurrir a las toallitas húmedas. Cogió su tablilla y pasó la ronda a los equipos.

La noche transcurrió como casi todas, con tranquilidad y con ese silencio que Estela solía disfrutar o romper según el momento. Solía canturrear, buscando encajar sus versos en las melodías que componía; también, recitaba en voz alta los poemas que escribía, hablaba consigo misma cuando algo le preocupaba… Cuando no disfrutaba del silencio de la noche, tenía cómo quebrarlo. Sin embargo, esa noche prefería la ausencia de más sonidos que los propios de una noche en el faro. Como solía pasarle con las cosas que no entendía, se pasó toda la noche dando vueltas a todo el maremágnum que tenía en su cabeza entre las presencias, sus visitas, Jorge y su historia contada en aquella danza espectral. Los granos de sal en la rutina se le habían convertido en una rutina compuesta por rocas de sal gorda.

De camino a casa, paró a comprar algunas cosas. Aún era temprano y no sabía si llamar a Jorge para quedar esa tarde. Estaba ansiosa por mantener esa conversación que esclareciera por fin todo el misterio. También, la última visita de los espectros le había contado una historia que no era fácil de procesar, entendió que, si esa era la historia de su chico, para él debía ser extremadamente difícil hablar de ella. De ese modo, al salir del supermercado, decidió dejar correr aquel día y tratar de asimilar el torrente de novedades que habían acaecido. Quizá así pudiera enfocar mejor la situación y encontrar la manera de seguir adelante con todo: con su vida, con Jorge y con cuanto pudiera presentarse. Sin embargo, al llegar a casa, puso el móvil a cargar y vio que tenía un mensaje: «Necesito verte. Creo que tengo mucho que contarte». Jorge le hizo recordar, quizá sin saberlo, que los deseos de Estela guiaban el transcurrir de las cosas. Lo tenía asumido para las visitas en el faro, pero ahora todo había saltado a su vida cotidiana. Quizá, ahora, Estela necesitaba cambiar las cosas. Tal vez en ese momento necesitara algunos granos de rutina en la sal.

Estela dejó su guitarra en su funda, el libro en su escritorio junto a la libreta con sus versos y sus notas musicales. Se dio una ducha rápida, como si no quisiera dejar lugar a una nueva aparición en su casa, desayunó apenas un par de galletas y un batido y se echó a dormir. No estaba el día para mucho más, teniendo en cuenta la importancia de la conversación que tendrían aquella tarde. Ya tenía la última pieza del puzle, ahora faltaba ver cómo y dónde encajaba.

Llegó al mismo sitio donde quedaron la tarde anterior. Jorge tenía un semblante solemne, acorde a la tensión que ambos acumulaban conforme llegaba la hora de hablar. Ninguno de los dos sabía muy bien cómo comenzar la conversación. Se abrazaron, se besaron y se quedaron callados un rato mientras paseaban. Las manos entrelazadas no dejaban de apretarse y buscar expresar esa unión ante lo que viniera, que las palabras no acertaban a verbalizar. Estela fue la primera en romper ese silencio.

—¿Qué tenías que decirme, Jorge? ¿Qué está pasando? ¿Qué sabes de esas… lo que sean? —preguntó Estela de forma atolondrada.

—No sé por dónde empezar —replicó el joven casi tartamudeando.

—Hace tiempo que esas… —Estela no sabía cómo referirse a sus visitantes delante de Jorge—… esas presencias vienen a verme. Primero en el faro, luego en mi casa, incluso ahí en la playa —señaló al lugar donde creyó verlo a él— una de ellas tenía tu cara. Es cierto que no me hacen daño, más bien lo contrario, son visitas muy placenteras. He conocido deseos que no sabía que tenía y un placer sexual inimaginable. Y luego apareces tú. Cuando tú aparecías, esos fantasmas no. Después, me visitaban en mi casa. Y, por último, delante de ti ayer. No entiendo nada.

Jorge forzó una pausa en su discurso tocando levemente la marca de su cuello. Estela empezó a vivir de nuevo cada encuentro, cada caricia, cada azote, lametón y mordisco. Sintió de nuevo sus caderas chocando con las de uno de los visitantes, el masaje en la espalda, aquella orgía con «sus fantasmas»… Estalló en un orgasmo embarazoso, pues cualquiera podría oírla, lo que la llevó a ahogar sus gemidos en lo posible. Cuando volvió en sí, aún sin irse del todo, miró a Jorge con una mezcla de estupor, alivio y enfado. Como en un acto reflejo, dio una bofetada al joven, que este recibió estoicamente. Acto seguido, Estela se abrazó a él y comenzó a llorar.

—Me estoy volviendo loca —dijo entre sollozos—, no comprendo nada. Anoche tuve otra visita y fue tan hermosa como perturbadora.

—¿Otra visita? —La reacción de Jorge era de pura sorpresa—. ¿Qué pasó?

—Me llevaron a un prado, ya había estado en él en otra ocasión —comenzaba a relatar Estela—, cuando empezó a desbordarme todo esto. Aquella vez me calmaron mucho y esa paz me permitió seguir adelante. Fue después de nuestra primera cita. Anoche, parecía que querían contarme algo danzando de una forma extraña. Bonita, pero muy extraña. También es cierto que estaba acostumbrada a que las visitas fueran de otra manera —dijo, intentando bromear aún con las lágrimas en su rostro.

La farera, recuperando el aliento, le contó el contenido de aquella danza y cómo una presencia había adoptado esa forma tan reconfortante. Jorge asentía con la cabeza, sorprendido por la actuación de las presencias, por el mensaje en sí mismo y por el final, que Estela confesaba no haber acabado de entender. Se llevó las manos a la cara, como cuando una situación no tiene más salida que aquella que se quería evitar; al menos, hasta que considerase que fuera el momento de contarle su historia. Jorge suspiró, tratando de tomar aliento mientras se sentaban en uno de los bancos que había por el paseo marítimo.

—La primera presencia era Mireia, mi primera novia —dijo. Su voz mostraba tristeza y nerviosismo. Sin duda, la historia era dura para él y le costaba narrarla, pero entendía que Estela merecía saberlo todo y comprenderlo—. Yo tenía apenas dieciséis años.

Éramos muy jóvenes, también muy lanzados y nos metimos muy en serio en nuestra relación. Luego, cosas de la adolescencia, nos íbamos distanciando, pero ella no lo llevó bien. Un día discutimos, le dije que no quería seguir con la relación y que me dejara en paz. No supe comprenderla, no me porté bien con ella, le hice demasiado daño una y otra vez. Un día quiso venir a verme para hablar conmigo y la volví a rechazar. Ella, al marcharse llorando, tuvo un accidente de ciclomotor. —Jorge no sabía a dónde mirar mientras unas lágrimas ahogadas se asomaban a sus ojos.

—Jorge, es terrible —interrumpió Estela, abrazándolo—. Pero no debes culparte, teníais dieciséis años, era lógico que no supierais gestionar la situación.

—El otro chico era Raúl, mi amigo —prosiguió Jorge, apesadumbrado—, el mejor sin duda alguna. Siempre estaba ahí, por muy duras que se pusieran las cosas. Sin embargo, la culpa por el accidente de mi exnovia me apartó de él. Me llevó de fiesta en fiesta, intentaba levantarme el ánimo después de aquello. Juergas, alcohol, chicas…, un no parar. Un día, se me apareció ella en un sueño y desperté llorando. Y no tuve nada mejor que hacer que llamarlo para decirle que no quería volver a verlo. Sentía que había faltado el respeto a Mireia yendo de fiesta tras su muerte. Y, por mi propia carga en la conciencia, le culpé a él.. Nunca más supe de él, hasta que empezó a manifestarse.

—Jorge, eso fue cruel, pero estabas pasando el duelo —intentó decir Estela.

—Luego mi vida fue un ir y venir de personas. Amistades breves, romances superficiales… —Jorge seguía su relato con la mirada perdida, sin prestar casi atención a los intentos de su chica por consolarlo—. Fui dejando un reguero de cadáveres emocionales a mi paso. Personas que seguían vivas, que tuvieron mejor suerte que Mireia y Raúl, pero que sufrieron mucho por mi culpa.

Jorge se deshacía en sollozos y solo su llanto rompía el silencio que ambos guardaban. Estela lo abrazó y acarició su espalda. Él empezó a sentirse mejor por habérselo contado, aunque temía que su abrazo fuera solo de consuelo y que todo esto pudiera espantarla.

—Las presencias ancianas —dijo el joven, más calmado— son mis padres. Me volvieron a acoger en casa cuando todo mi mundo se desmoronaba. Ellos me ayudaron a superar todo esto, pero cuando empezaba a recomponer mi vida, llegó la dichosa enfermedad, el cáncer. Se comió a mi padre por dentro, hasta que el pobre no pudo más. Lo cuidé hasta el último día. Mi madre nunca lo superó, falleció unos meses después, consumida por el dolor y la pena. Se cayó por las escaleras cegada por las lágrimas.

Estela seguía abrazando al muchacho, que se sentía totalmente liberado. No dijo palabra alguna, tratando de procesar cuanto Jorge le había contado. Entendía su amargura, su fachada de tipo duro, entendió que ese cambio entre la primera y la segunda cita era su forma de abrirse a ella. Se sintió segura de lo que estaba empezando con Jorge, aunque la sensación era agridulce por el contexto en que lo había comprendido. Ahora entendía la historia que el *ballet* de los espectros le había contado. Sin embargo, era el momento de la siguiente pregunta.

—Pero, entonces, ¿todas esas personas son las presencias que me visitan en el faro? —Estela la verbalizó casi sin pensar.

—No. Mis padres solo se manifiestan en casa y cuando estoy yo. Ya sabes, unos padres no dejan de cuidar a sus hijos ni cuando mueren. —Jorge esbozó una sonrisa melancólica—. El resto tampoco son ellos. No exactamente.

—¿Qué quieres decir con «no exactamente»?

—Que no son esas personas. Como te digo, solo Mireia y Raúl, mi amigo, fallecieron; el resto vive. Fueron personas que me quisieron mucho, que siempre tuvieron buenos deseos para mí a pesar del daño que les hice. Su empatía, su bondad y su perdón son lo que conforma cada espectro.

—¿Y las visitas? ¿Y lo del sexo? —Estela tenía una nueva pregunta con cada respuesta que recibía.

—Llevan todo este tiempo, desde que murieron mis padres, buscando a alguien que me haga feliz. Digamos que soy la Bella Durmiente esperando el beso de amor verdadero. Ellos están buscando a esa princesa azul que rompa mi maleficio. —Jorge intentaba bromear.

Aquellas presencias querían lo mejor para él y querían que fuera feliz. No eran fantasmas, sino los buenos sentimientos de cuantos pasaron por su vida por su vida personificados. Gente que no descansaría hasta verlo con una vida estable, lejos del daño de haber perdido a Raúl y Mireia y sentirse culpable por ello.

—Sobre el sexo, no sé bien qué decirte. Puede que intenten seducirte para acercarte a mí. Puede que quieran saber si somos compatibles en eso. No lo sé con certeza. Solo sé que lo hacen. Por eso sabía lo de… —Jorge señaló la marca en el cuello de Estela, esta vez sin tocarla.

Estela trataba de digerir aquello. Las alarmas de sus móviles sonaron.

—Tengo que irme a trabajar —dijeron ambos al unísono.

Sonrieron por la improvisada sincronía. Se besaron y se abrazaron con la promesa de verse al día siguiente. Nuevas preguntas esperaban respuestas, aunque Estela se sentía aliviada: al menos no eran las mismas preguntas.

La nueva revelación

Estela llegó a casa con el tiempo justo de ducharse y enfilar el camino del faro. Mientras, Jorge ya estaba llevando el primer pedido de la noche. Estaba soñoliento, tanto llanto le había relajado en exceso. Tenía claro que andaría cabeceando entre pedido y pedido. Estaba deseando hacer esa entrega y poder cerrar los ojos unos minutos. Se sentía más ligero, se había quitado un gran peso de encima. Estela se había mostrado comprensiva y curiosa, pero no asustada ni dubitativa. Tenía la sensación de que, esta vez, su búsqueda y la de sus presencias estaba a punto de concluir.

La noche estaba tranquila en el faro, apenas el reapriete de algunas conexiones y las rondas de rigor. Estela leía y tomaba café, como era costumbre. Había necesitado pausar sus pensamientos, ya que aún quedaban muchas interrogantes. No entendía en qué momento había pasado a formar parte de la búsqueda que las presencias hacían en pos de la felicidad de Jorge. No entendía el porqué de aquellos tórridos encuentros sexuales ni por qué su deseo moldeaba las situaciones hasta el punto de disfrutar del sexo como nunca lo había hecho con ningún amante humano. Al menos hasta el momento, dado que Jorge todavía no había tenido ocasión de satisfacerla. En su encuentro, le había desbordado la excitación y todo terminó demasiado pronto. No obstante, habría más ocasiones.

Avanzó un par de capítulos del libro que leía y se sentó en el sofá. La luz parpadeó y el sopor empezaba a hacer mella en la joven. Estela cerró los ojos, sabiendo lo que ello significaba y que, quizá, podría despejar alguna otra incógnita.

Estaba de nuevo en el prado, desnuda, relajada. Como en otras ocasiones, innumerables manos masajeaban su cuerpo y la hacían sentir mimada, en calma, casi querida. Estela tenía los ojos abiertos, ya no sentía la necesidad de mantener el sello de sus párpados. La presencia con forma de anciano se acercó a ella. Se sentó a su lado, sin mediar palabra. Ella seguía entregada al placer que el masaje le proporcionaba y se dejaba acariciar sin ver el momento de hacer más preguntas. Sabía que el anciano, el único fantasma cuya voz había escuchado, estaba ahí para responder a cuantas cuestiones le planteara. Pero, aun sin miedo o sin esa pasada inquietud, necesitaba ese estado de relax que las manos infundían a través de su piel.

—No tengas prisa —comenzó a decir su voz profunda—, tenemos todo el tiempo del mundo aún en esta cabezada. ¿Cómo decía tu libro?, ¿cuartos de hora de minuto y medio? —preguntaba con una agradable ironía.

Estela sonrió ante la literaria broma. No solo era el único espectro que le había hablado, sino que además tenía cultura y sentido del humor.

—¿Por qué yo? —Estela casi escupió la pregunta, tal como vino a su cabeza.

—Tienes todo lo que él necesita. Eres inteligente, tienes carácter, eres culta e inquieta. Además, tienes buen corazón. Él sería muy feliz contigo.

El anciano sacaba los colores a Estela. No obstante, pese a la explicación del viejo y la confesión de Jorge, Estela no entendía por qué las presencias habían tomado esa función de casamenteras.

Bromeaba en su mente con la idea de que era como tener una *app* de citas, pero a una manera más paranormal.

—No todo lo arregla la tecnología —remató el espectro, leyendo el pensamiento de la joven.

Ella se sonrojó, tanto por haber oído su pensamiento en la voz del anciano como por haber tenido un pensamiento cómico en medio de una situación tan transcendente.

—¿Y el sexo? Me habéis dado unos encuentros como nunca los tuve en mi vida —espetaba Estela entre una suerte de queja, cierto pudor y hasta gratitud por el placer experimentado.

—¿Cuánto tiempo llevas sola, hija? —Su voz se volvió paternal y un poco más solemne—. Desde aquella experiencia tuya tienes un bloqueo sentimental y sexual que no te deja disfrutar de tus deseos. Ya sabes de sobra cómo sabemos eso.

Por extraño que pueda parecer, Estela no se sintió incómoda por el comentario. El sexo lo tomaba con naturalidad, aunque le sorprendía que su interlocutor conociera su bloqueo y su origen.

—El placer venció tus traumas y ya solo faltaba que os conocierais.

El anciano dejó a la farera noqueada con esta última respuesta. Como el golpe decisivo en un combate de boxeo, esa última frase había sido demoledora para ella. Tenía a Jorge como un regalo del azar, por ese roce de manos al pagar la primera *pizza*. De repente, resultaba que todo era resultado del plan de aquel nutrido grupo de presencias que quería ver al joven feliz y ayudarlo a centrar su vida.

Estela despertó en el sofá de su salita, a lo justo para pasar la siguiente ronda. Una vez volvió de comprobar los equipos, se preparó otro café. No estaba segura sobre qué hacer ahora. Eso sí, tenía claro que tenía que contarle a Jorge esta última visita. Tal vez entre los dos pudieran encontrar las últimas respuestas que la resolución del enigma demandaba: ¿querían que las presencias siguieran ahí? ¿Qué harían ahora con su relación? ¿Qué harían en caso de querer que los espectros se fueran? También, sabiendo que el anciano sabía su historia, entendió que tenía algo que contarle a Jorge. A fin de cuentas, él le había contado toda su vida, incluyendo ese secreto paranormal que espantaría a cualquier persona.

La historia de Estela

Por fin llegó la tarde y Jorge llegó a la cafetería. Se disculpó por llegar tarde; una de las entregas de por la mañana se había complicado un poco, llegó a casa más tarde de lo habitual y se quedó dormido después de comer. Estela se mostró comprensiva y le dijo que no pasaba nada. Un largo beso y un abrazo de lo más tierno fueron rúbrica del ansia que ambos tenían por verse.

Hoy no les apetecía pasear, preferían tomar algo en aquella terraza. Jorge pidió una cerveza y Estela prefirió un *dry martini*. Era raro que ambos bebieran, pero ese día les apetecía una copa. Estela le puso al tanto de la última visita y lo que el espectro con pinta de anciano le había dicho.

—¿Tu historia?, ¿qué historia? —preguntó Jorge.

—Verás, fue hace unos cuantos años —comenzó a decir la farera—. Yo era muy diferente a como me conoces hoy. Era más tímida, más dócil y no con el carácter que conoces. Una pipiola, vamos. —Estela alargaba la introducción de la historia mientras buscaba la forma de contarla sin revivirla demasiado—. Había tenido algunos romances sin importancia, algún rollito que otro..., mucho sexo y algún intento de relación que se desvanecía al poco tiempo. La verdad es que me preguntaba por entonces cómo era sentirse querida más allá de un romance pasajero —trataba de seguir.

No era una historia fácil de contar para ella. Jorge se dio cuenta y le dijo que, si le hacía demasiado daño hablar de ello, podía esperar a que estuviera preparada para hacerlo. Estela ignoró el comprensivo ofrecimiento de Jorge, tragó saliva y prosiguió.

—Entonces apareció ese hombre de cuyo nombre ni quiero acordarme —reanudó con cierta sorna—. Llegó con una dulzura como no había conocido, respetaba mis ritmos y tiempos, sin prisas, sin presión…

Estela hizo una pausa. Era obvio que no estaba nada cómoda, pero, al mismo tiempo, era palpable que no quería dejar de afrontar su propia historia y de contársela a Jorge. En estas andaban cuando la camarera, que acababa de entrar a su turno, se acercó a la mesa a ver si querían tomar algo más.

—Otra ronda, Lola, si eres tan amable —dijo Jorge.

—Ahora mismo, bonitos —les dijo Lola.

Era una mujer de unos cincuenta y tantos años. Su melena rubia y rizada acompañaba su mirada, profunda y enigmática. Era muy popular en el pueblo, ya que solía ser muy zalamera con los clientes y eso llenaba la terraza de la cafetería. Era fácil sentirse atendido y hasta mimado cuando ella estaba en su turno. Aunque era el único bar del pueblo, era el desparpajo de aquella imponente mujer lo que lo llenaba, tanto en la sala como en la terraza.

Estela se sintió muy reconfortada con la breve presencia de Lola. No obstante, guardó silencio hasta que esta trajo las copas.

—Empezamos a salir juntos, ya se podía decir que teníamos una relación —reanudó la farera cuando estuvieron solos de nuevo—. Al principio, todo era felicidad y dulzura. Me sentía querida, deseada, no podía estar mejor. Pero, con el paso de los meses, las cosas empezaron a torcerse. Le molestaba que me vistiera de tal o cual manera, que saliera hasta según qué horas, que me mirasen otras personas… Empezó a volverse posesivo.

Estela comenzó a temblar y Jorge comprendió que ahora venía la parte en que ella le contaría su propia bajada a los infiernos.

—Un día salí con unas amigas. Ya las conocerás, ahora nos vemos menos, pero mantenemos el contacto. Era el cumpleaños de una de ellas. Cuando volví a casa, él me estaba esperando. Me recriminó que hubiera ido con un vestido de los que había intentado prohibirme, que llegara tarde a casa y que, además, hubiera bebido un poco más de lo que él consideraba apropiado. Me había sentido anulada desde que él empezó a comportarse como un guardián, no me trataba como a su pareja o su amada, solo como a un trofeo que temía perder, y ese día me desmadré un poco. Qué coño, ¿desmadrarme? Me divertí, solo eso.

—¿Te pegó? ¿Te hizo algo? ¿Qué pasó? —Jorge se alarmó ante lo que preveía que vendría después. Su lado protector floreció ante el relato de la joven.

—Lo intentó —respondió Estela cariacontecida—. Me empujó contra la pared y trató de romperme el vestido. Decía que no quería verme con él puesto nunca más. Me agarró, aprisionándome contra esa pared, mientras trataba de reducir el vestido a harapos. Pero lo peor es que me hacía daño. Entonces, con la mano que me quedaba libre, agarré la lámpara de la mesilla de noche y lo golpeé. —La mirada de Estela reflejaba culpa y a la vez rabia—. Fue en defensa propia, lo juro. No sabía qué me haría, me dolían el cuello, los hombros y el abdomen. Me tenía atrapada con un brazo y una rodilla contra el muro, me estaba haciendo mucho daño. Además, estaba fuera de sí.

—Estela, cariño, solo te defendiste. —Jorge trataba de consolar a su amada—. Cualquiera habría hecho lo mismo.

—No se levantaba. Llamé a la ambulancia, vino la policía. Me sentí avergonzada, humillada y culpabilizada. Nunca más supe de él, ni vivo ni muerto. Tampoco nadie presentó cargos en mi contra. Fue entonces cuando cambié de trabajo, de casa y de vida. Decidí empezar de nuevo. Y, como puedes suponer, decidí no estar con nadie nunca más. Hasta que… —Estela trataba de recuperar la sonrisa— una noche pedí una *pizza*.

—Es curioso cómo un hambre repentina puede cambiarte la vida —siguió la broma de su amada, que aliviaba el dramatismo de aquella trágica historia.

—Ya estaba recibiendo las visitas, y es verdad que tanto sexo y tantas dudas me tenían con un hambre bestial —aclaró la joven, intentando de nuevo sonreír.

Jorge la abrazó. Pagaron la cuenta, se despidieron de Lola y se marcharon. Les quedaba poco tiempo antes de incorporarse a sus trabajos, de modo que prefirieron pasarlo juntos donde tuvieran mayor intimidad. Y ahí estaban, esta vez en el dormitorio del joven. Los besos y las caricias habían dado lugar al yacer de la pareja sobre la cama. Sin embargo, lejos de desnudar su deseo como se hubiera podido suponer, se quedaron abrazados en el lecho. Estela se encontraba a gusto y relajada con la cabeza apoyada en el pecho de su amado y sintiendo sus brazos rodeándola. No sentía necesidad de protección alguna, ya no se sentía vulnerable. Aquella historia la había empoderado de alguna forma, se había defendido de una agresión cuyo resultado cabría suponerse más funesto. Sin embargo, disfrutaba de la calma que Jorge transmitía. A pesar de lo que había sufrido en su vida, transmitía tranquilidad. También, pensaba, debía ser fácil cuando te respaldan los buenos sentimientos de esas personas que estuvieron en tu vida. Incluso de aquellas a las que has hecho daño. Esa era otra pregunta que le quedaba: ¿cómo esas personas a las que Jorge había podido dañar tenían esa bondad para velar por que fuera feliz?

Los pensamientos se vieron truncados por la cruda realidad: las alarmas de los móviles sonaron y cada uno hubo de volver a su puesto de trabajo.

La despedida

Jorge llegó a la pizzería con apenas un par de minutos para empezar su jornada. Tomó un café para espabilarse, la cita lo había dejado sin energías. Entre las dos cervezas y las sensaciones que le había producido la historia de Estela, le costaba un poco volver a la realidad. También, pese a la serenidad que mostró delante de su amada farera, sintió cierto temor: se encontraba ante una mujer con una historia de maltrato y el trauma que su defensa y liberación produjeron, y él tenía bastante tendencia a hacer daño a quienes le querían. Sin embargo, la ilusión que le producía este romance no la había tenido nunca y, se decía a sí mismo, esa variable podía ser la que marcara la diferencia con sus relaciones del pasado.

Estela llegó al faro justo a tiempo. Se puso la ropa de trabajo, leyó las tablillas con las novedades que le dejaba su compañero y revisó los equipos. Se sentía ligera después de haber contado a Jorge su historia y, además, se dio cuenta de que abrir esa puerta de su vida era la prueba de lo segura que se sentía con él. No había hablado de esto con nadie después de que a ese hombre se lo llevara la ambulancia. También le había llamado la atención la sensación de confort que había sentido cuando Lola les llevó las bebidas. No solo era su calidez en el trato, sino la energía que desprendía. Pensó para sí que la rubia camarera tenía algo especial y pensó en comentárselo a Jorge en la siguiente cita.

Esa noche no tenía ganas de escribir. Tenía su poema y posible canción casi a punto, pero esa noche necesitaba una dosis de Johnny Carter, de Cortázar, de *El perseguidor*. Le encantaban sus referencias temporales («cuartos de hora de minuto y medio», «esto ya lo toqué mañana»…), sus comentarios profundos aunque aparentemente absurdos («en el pan es de día») y esa referencia constante a Dylan Thomas adornando el relato de la bohemia decadencia del saxofonista: «Oh, make me a mask», repetía Estela casi cantando la frase, como buscando una melodía para ella. La charla con la presencia que tenía pinta de hombre anciano le había recordado aquella su obra fetiche y le había despertado la necesidad de releer el libro. Se sentía tan adicta a ese libro como el propio Johnny lo era al alcohol y la marihuana o el personaje de Bruno a sus cigarrillos Gauloises.

Andaba leyendo la parte en que todos admiraban la manera de tocar del protagonista en Amorous cuando los párpados empezaron a pesarle. La luz de la lámpara hizo sus guiños de rigor y ya no quedaba más café en la taza. Estela se dijo para sí que era la primera vez que se terminaba el café antes de la visita que se barruntaba en la trémula luz y el sopor que ya venía. Sin embargo, el sueño la atrapó como si se hubiera tomado un litro de valeriana. Cayó su cabeza a plomo sobre la mesa y junto a la taza de café. Apenas había cerrado el libro y ya estaba desnuda sobre la hierba siempre fresca del prado. Ese donde se producían las revelaciones. Ese donde recibía caricias, masajes, buena energía y alguna que otra respuesta. Ese donde el anciano espectro con aspecto de dios griego —ella lo había bautizado como Zeus— le quitaba una venda más de los ojos para que viera cada vez más claro lo que pasaba.

Se encontró mimada por una docena de manos que recorrían su piel, aunque la sensación era más libidinosa que la que había hallado otras veces en esos masajes que solía recibir en ese prado. Sus labios eran besados por media docena de bocas y el deseo que esas visitas solían despertarle se inflamó al sentir esa media docena de lenguas que iban tomando posiciones y avanzando por su cuerpo. Estela gimió abrasada por las llamas del placer que empezaba a sentir y se dejaba llevar sin pensar medio segundo en qué gesto hacer o en qué posición colocarse. No intentó modelar la situación con sus deseos, como solía; prefirió esta vez que las presencias hicieran con ella lo que quisieran, entregarse a la lujuria de aquellos espectros. Le había extrañado que, una vez roto el bloqueo y estando ya con Jorge, como le había dicho el anciano, las presencias siguieran alimentando con sexo las visitas que le habían supuesto tamañas revelaciones y que le habían regalado este nuevo camino en su vida. No comprendía por qué, a pesar de que el objetivo que «Zeus» le había explicado se había cumplido, seguían llenando sus noches de erotismo y placer. Le gustaba, estaba teniendo el mejor sexo de su vida, pero algo no le cuadraba.

Despertó sobresaltada. Algo empezaba a oler a chamusquina. A pesar del placer se había sentido más incómoda que de costumbre a partir de esos últimos pensamientos. Además, se había inquietado por ese encuentro erótico en el bucólico prado que, normalmente, era lugar de revelaciones y tranquilidad. El sexo ocurría en el faro, en su casa, en las dunas, pero ese prado era como una especie de oráculo sagrado donde nunca había ocurrido más que esos masajes que tanto la relajaban. La inquietud ante tantas dudas se adueñó de ella, aunque acabó por desterrarla con la alarma para la siguiente ronda. Achacó esas misteriosas sensaciones al día que había pasado y a haber revivido su historia para contársela a su amado. No obstante, era consciente de que lo hacía como una manera de cerrar el libro sin entender la última página leída.

—«Y me veo precisado a decir que en el fondo Amorous me ha dado ganas de vomitar» —dijo en voz alta citando a Bruno. De repente, aquellos escarceos espectrales que la llenaban de placer le produjeron un asco infinito según los iba recordando, aunque no sabía bien por qué.

La noche transcurrió tranquila, más allá de la inquietud que ya no abandonó a Estela hasta despuntar el día. Se marchó a casa agotada, no había vuelto a pegar ojo desde que volvió del prado. Se dio cuenta de que ese cerrar el libro sin entenderlo, esa excusa de un mal día para justificar su repentino malestar no le servía. Llamó a Jorge por teléfono y quedaron en casa de Estela. Él, aunque apenas tendría un par de horas antes de irse al otro trabajo, acudió presto a la casa de su amada. Esta le contó todo lo de la última visita, que en realidad no es que fuera largo porque su extrañeza la despertó pronto, pero le contó también todos los matices. Lo del prado, la diferencia entre este encuentro y otros en él, que siguieran engatusándola con sexo cuando ya no tenía sentido, según lo que dijo el anciano… Jorge también se sintió intranquilo y decidió que esa tarde volverían a la cafetería.

Estela se quedó un poco extrañada por la propuesta de Jorge de quedar en la cafetería, aunque entendía que tenía que marcharse a trabajar. Durmió casi todo el día, agotada por la noche de insomnio que había pasado. Al fin y al cabo, solo había dado esa noche la cabezada que supuso su inquietante viaje al prado.

Cayó en un profundo sueño, de esos que no te permiten recordar al despertar si has soñado algo. Cuando abrió los ojos, era casi la hora de irse. Una ducha y un ligero tentempié reactivaron las energías de la joven, que salió rauda y veloz hacia la terraza donde había quedado con Jorge.

Llegó poco antes de la hora y el motero ya estaba allí. El abrazo en el que se fundieron nada más verse revelaba los temores de Estela y cierto nerviosismo en el muchacho, que hacía de tripas corazón para ser el mejor apoyo posible de su amada farera. Se sentaron en la terraza y pidieron unos cafés. Cuando el camarero trajo sus tazas y unos trocitos de bizcocho, cortesía de la casa, oyeron una voz muy agradable que se acercaba.

—Hola, bonitos. —Lola llegaba por sorpresa a la terraza y no llevaba su uniforme de trabajo.

—Lola, qué sorpresa. ¿Pero tú no librabas hoy? —preguntó Estela sorprendida. Los turnos de Lola se los sabía todo el pueblo de memoria, porque su buen trato y carisma eran los que sostenían la clientela de aquel negocio.

—La he llamado yo —dijo Jorge por sorpresa—. Cuando me contaste esta mañana lo que te había pasado, entendí que necesitamos ayuda, que algo no está bien aquí. En realidad, ya me descuadraban las cosas cuando me hablaste del anciano.

—Estela, hay algo que no suelo ir pregonando por ahí, que solo saben mis allegados y pocos más —comenzó a aclarar Lola—. Tengo, por así decirlo, una «sensibilidad especial». Si alguien en este pueblo puede ayudaros con este tema, soy yo.

—¿«Sensibilidad especial»? ¿Eres una especie de bruja o algo así? —preguntó Estela casi sin pensar—. Perdona, Lola, qué bruta soy. De verdad que lo siento, no sé qué me pasa.

—Yo sí lo sé, corazón. —Lola siempre era tan tierna hablando con todo el mundo—. Simplemente, tienes miedo. Y es normal. Vaya papeleta, según me ha contado Jorge.

Pidieron un té para ella, mientras seguían conversando. Jorge le había contado la historia a Lola, resumiéndola a grandes rasgos, para ponerla en antecedentes. Mientras tomaron su refrigerio, desmenuzaron cada detalle para que ella pudiera comprender todo: Mireia, Raúl, el resto de presencias, la historia de sumisión y liberación de Estela…

—¿Nos da tiempo de ir a tu casa antes de que os vayáis a trabajar? —preguntó Lola. Su expresión y su entonación eran distintas, sin ese gracejo suyo, eran las de un médico que sospechara del diagnóstico y propusiera una prueba.

Los jóvenes asintieron. Diez minutos más tarde, los tres estaban entrando en la casa del motero.

Lola preguntó a Jorge dónde tenía su santuario. Jorge la miró con estupor, pues ella nunca había estado en la casa ni él había contado a nadie de su existencia. Apenas Estela lo sabía, de pasada, por una de sus conversaciones. La farera se sorprendió más de la cara estupefacta de su novio que de la pregunta de Lola por algo que sabía que estaba ahí aunque ella nunca hubiera puesto un pie en la casa. Sin duda, Lola era alguien muy especial, y ahora no es que empezara a creerlo, es que quedaba más que confirmado.

—Hay una concentración de energía que me dice que hay un santuario, una habitación donde concentras tus recuerdos de quienes marcaron tu vida y donde tus emociones se desatan. —Lola respondía esa pregunta que los jóvenes aún no habían hecho—. Es normal que os lo preguntéis. Pero saber que os lo preguntáis no es por mi don; es que no habéis visto la cara que habéis puesto.

Este último chascarrillo de Lola rebajó un poco la tensión del momento; alivio cómico, que lo llaman en el cine. Jorge llevó a las chicas hacia la habitación en cuestión. Ahí estaban las fotos de sus padres y los recuerdos que había podido reunir de cada etapa de su vida. La melancolía se apoderó del joven, mientras Estela ponía una mano en su hombro para reconfortarlo. Lola cerraba los ojos, concentrándose en la energía del lugar. La estancia rezumaba amor, compasión, cariño y buenos sentimientos.

—Podéis salir —dijo Jorge. Contó a sus dos acompañantes que solía entrar a conversar con sus padres y con las presencias cuando necesitaba consejo, apoyo o confort. También, cuando echaba de menos a sus padres—. En realidad, si así fuera, estaría aquí todo el tiempo —aclaró el joven entre lágrimas—, pero ya sabéis. Cuando no puedo más… —Jorge besó las fotos de sus padres, y Estela no pudo evitar hacer lo mismo.

—Yo se lo cuido, no teman ustedes —dijo Estela como si algo la poseyera, mientras lo agarraba de la cintura y lo apretaba contra sí. Se sorprendió cuando se vio haciendo y diciendo eso, se ruborizó y miró a Jorge.

—Tranquila, mi amor, está bien, de verdad —la tranquilizó—. Ellos ya te han aceptado. Ya sabes, las demás presencias y yo mismo les hemos hablado de ti.

Las presencias comenzaron a aparecer delante de Lola. Mientras, la pareja se volvió hacia la rubia y vieron cómo unas siluetas azuladas, de rasgos difusos, la iban rodeando. Sin embargo, no se percibía tensión alguna, ni hostilidad ni nada que perturbara la dulce armonía de aquella habitación.

—Podéis mostrar vuestros rostros, son de confianza —les dijo Jorge.

Lola fue observando cómo cada silueta tomaba la forma de cada persona a la que representaban. Mireia y Raúl fueron los primeros en mostrarse por completo. Tras ellos, las demás presencias fueron perfilando sus rasgos mientras Jorge derramaba más lágrimas: cada vez que ellos se mostraban, el joven revivía cada historia donde él había sido el culpable del daño y el depositario de un buen sentimiento. Se sentía en deuda con cada presencia, con el sentimiento de culpa y hasta de repugnancia por sí mismo, pues estaba recibiendo el bien de esas personas a quienes él había hecho tanto mal.

—¿Tú eres…? —no acabó de preguntar Estela cuando Mireia se le acercó—. Tú fuiste mi primera visita.

—Sí, fui yo —respondió la presencia de esa primera novia de Jorge—. Fui la primera que te vi. La primera vez que me viste no era la primera que iba a verte.

—¿Quiere decir eso que tú me elegiste para ser la pareja de Jorge? ¿Por qué? —preguntó Estela, perpleja.

—Eres inteligente, sí. Yo te vi y me recordaste mucho tanto a mí como a la que me habría gustado ser: independiente, libre, viviendo con naturalidad quien eres… Yo tenía algunos tabúes —respondió Mireia—. Les hablé a los demás de ti y te estuvimos observando. Cuando estuvimos de acuerdo en que eras la idónea, comenzó todo. Teníamos que conseguir que os conocierais. Él debe ser feliz. Tú debes ser feliz. Vosotros juntos seréis felices.

Estela no supo qué decir. Se sintió halagada, incluso conmovida por los buenos sentimientos que manifestaba. Pero algo la hacía sentirse extremadamente alerta. Jorge parecía tranquilo, incluso resignado. La tristeza y la culpa le impedían cuestionarse cualquier cosa que Mireia o cualquiera de las presencias le dijeran. Estela lo miraba, miraba a Mireia y volvía a mirar a su amado. Algo la hacía sentir extraña y no terminaba de saber qué era. Dos voces rompieron aquel desconcertante momento.

—Ya basta, Mireia. —Los padres de Jorge intervinieron con cierta severidad—. Vosotros dos, marchaos. Dejadnos a solas con nuestra nueva amiga —dijeron a Jorge y Estela—. Por fin esto se va a acabar.

La intervención de su padre sacudió la mente de Jorge. Nunca había visto a sus padres interrumpir un encuentro con Mireia, Raúl ni las demás presencias.

—¿Dónde está el anciano? —quiso saber de repente Estela.

—¿Qué anciano? —preguntó la madre de Jorge.

—Supongo que saben ustedes lo de las visitas que me hacían los demás en el faro —respondió Estela, ruborizada—. Pues en las últimas… —Estela relató a las presencias de sus suegros las visitas al prado. La expresión de sus rostros hizo alarmarse aún más a la joven.

—Marchaos ya —dijo el padre de Jorge. Su voz sonaba como si dictara sentencia.

Los dos enamorados salieron de la habitación, dejando a Lola sola con la única compañía de los espectros. Jorge no salía de su asombro. Hasta ahora, la intervención de sus padres cada vez que se encontraba con esas presencias era testimonial, estaban ahí y parecían estar de acuerdo con el cuidado que brindaban a su hijo. Solo se manifestaban para recibirlo o despedirlo, para aconsejarle cuando no quería ver a los demás espectros, darle un nuevo abrazo y mitigar la añoranza que el joven tenía de ellos. Sin embargo, la brusquedad de su intervención aquella tarde le había dejado una sensación extraña, tanto por lo inusual como por una sensación que le hacía dudar de todo lo que había vivido desde que los fantasmas empezaron a acompañarlo.

De repente, una especie de golpe en la puerta de la habitación sacó a Jorge y Estela de aquel estado de aislamiento mental en el que se encontraban, como si volvieran al mundo con el sonido brusco que venía del dintel de aquella estancia. Mireia se acercó, abrazó a Jorge y se desvaneció. Raúl hizo lo mismo. Así, comenzó un desfile de siluetas azuladas que abrazaban al joven, difuminaban sus rasgos y desaparecían.

—Jorge, debes entrar.

Lola había sido la última en salir de la habitación. La solemnidad de su rostro decía más que sus palabras. Jorge, entendiendo el mensaje, bajó la cabeza y entró lentamente en la habitación, como no queriendo llegar nunca, sabiendo lo que se avecinaba. Su cara era la de un reo en el corredor de la muerte, consciente de que la hora hubiera llegado. Sollozando, cerró la puerta tras de sí mientras Estela se abrazaba a Lola buscando algún tipo de consuelo.

—No te preocupes, bonita mía. —Lola siempre tan reconfortante—. Solo ha llegado la hora que nadie quiere. Es triste, pero es necesario. Es lo mejor para él, y tú lo has hecho posible.

Estela asintió con ojos de alivio y no sin cierto temor. A fin de cuentas, Jorge quería muchísimo a sus padres, tanto como para que ellos se apiadaran de su dolor y se negaran a cruzar al otro lado para estar un poco más con él, pero ese poco ya se había prolongado varios años. Ella tenía miedo de que, tras la despedida, él pudiera odiarla por ser la clave en el adiós definitivo de quienes más quería en la vida… y en la muerte.

—Llegó la hora que nunca he querido que llegue…[1] —Jorge empezó a despedirse.

—Mira que te gustó esa comparsa cuando fuimos a Cádiz —respondió su madre, con ojos tristes.

Su padre, mientras, guardaba silencio. Su presencia siempre era majestuosa, una mezcla de bondad y firmeza, pero esta vez comenzaba a resquebrajarse. El hombre serio y fuerte que había engendrado y educado a Jorge comenzaba a mostrar sus sentimientos, y eso no era lo más habitual. El recuerdo de aquel Carnaval en familia y ser consciente de que ese momento en el santuario era su última vez juntos había quebrantado las corazas de padre e hijo, mientras la madre sonreía de forma melancólica.

—Hijo, debéis cuidaros mucho —comenzó a decir el padre de Jorge—. Os amáis con locura. Los dos habéis sufrido mucho. Daos esta oportunidad, pocas más podréis tener en la vida. Sed uno con la fortaleza de los dos, pues vais a necesitarla.

—Jorge, hijo mío, ya es hora de descansar para nosotros y de volar con tus propias alas —dijo su madre—. Ya eres todo un hombre, debes pasar este duelo. Y, además, te dejamos en buenas manos y mejor compañía.

—Mamá…, papá… —Jorge asentía con la cabeza a cuanto le decían sus amados padres—, os voy a echar de menos. Os echo de menos. Aun teniéndoos aquí os he echado de menos. Pero

---

[1] Es el inicio de una copla de la comparsa Los Condenaos, una referencia carnavalesca como guiño a mi tierra natal.

entiendo lo que decís y tenéis toda la razón. —Jorge lloraba, su intento de mantener la entereza se veía opacado por la emoción y la tristeza—. Os quiero más que a nada en el mundo.

El amor obra milagros y, en ese momento, el más triste y hermoso se gestó. Los padres de Jorge recuperaron sus cuerpos momentáneamente. La madre tomó un frasco de cristal que había junto a su foto y la de su marido. Recogió en él sus lágrimas, las de Jorge y las de su padre. Cuando cerró el frasco, los tres lo besaron como si de un ritual se tratara y la madre lo dejó donde estaba. Se fundieron en un fuerte abrazo. Jorge se sentía dichoso y destrozado al mismo tiempo. Por primera vez desde su muerte, sentía el roce de sus padres y los veía con sus cuerpos, con la presencia de sus mejores años. Una imagen mucho mejor que las que guardaba en su mente, cuando en sus últimos momentos eran devorados por el cáncer y por la pena. Ahora tendría un último recuerdo con la dulzura de su madre, la firmeza de su padre y la presencia majestuosa de ambos. Un último adiós más emotivo y digno que la vida les concedía para aquellos que eran el único credo de Jorge. Sus padres volvieron a su apariencia espectral, difuminaron el detalle de sus formas y, como los demás, desaparecieron.

La visita definitiva

Era la hora de irse a trabajar. A Estela no le hacía ninguna gracia dejar así a Jorge, que no paraba de decirle que estuviera tranquila, que todo estaba bien y que solo necesitaba descansar un poco tras la montaña rusa de emociones en la que se encontraba. Llamó a la pizzería para decir que no se encontraba bien y que no iría esa noche. Se encontraba superado. Mientras, Estela se iba al faro con un regusto agridulce. Aunque sabía que todo lo que había pasado era lo mejor para su amado, dejarlo solo y tan afectado le provocaba una gran tristeza. Lola salió junto a ella.

—Pasa la noche lo mejor que puedas. Jorge dormirá profundamente después de la tarde que ha pasado. Mañana por la mañana nos vemos los tres. Algo no me huele bien en todo esto.

—¿Qué quieres decir? —preguntó Estela, intrigada—. ¿Qué es lo que te huele mal? Yo tengo una sensación parecida, pero no sé por qué.

—¡Es una trampa! —exclamaron las dos al mismo tiempo.

—Toma, este es mi número de teléfono. Llámame si notas algo raro, y que no te preocupe la hora que sea. —Lola le dio a Estela una tarjeta—. El anciano que decías no estaba. Algunas presencias no se han ido del todo tras despedirse. Se han desvanecido, sí, pero he seguido sintiendo su presencia. Ten mucho cuidado.

Se despidieron y Estela se marchó con una desazón como nunca la había sentido. Sabía que esa noche no sería precisamente tranquila. Tras la intervención de Lola, lo que tuviera que pasar ocurriría esa noche. Llegó al faro y entró con rapidez, cerrando tras de sí con dos vueltas de llave. Luego se sintió estúpida, pues no habría barrera física que frenara a esos seres incorpóreos que solo mostraban cierta solidez cuando se trataba de tocarla en los más tórridos encuentros.

Subió las escaleras y llegó a su salita. Revisó la tablilla y pasó la primera ronda. Lo de siempre nada más llegar. Cuando volvía a su sofá y se disponía a prepararse el café, la luz volvió a hacer uno de sus guiños. Prevenida por Lola, sabía lo que venía después y estaba segura de que no sería nada bueno. Intuía quiénes acompañarían al anciano en esa última visita. Esta vez ni siquiera habían esperado a esa cabezada que proseguía al café. La hostilidad era algo previsible, dado lo inquietante de la última visita. Estela siguió preparando su café como si nada, aparentando una entereza que no sentía en ese momento consigo. Se sentó en la mesa y levantó la cabeza sorbiendo su café lentamente, como quien estuviera esperando esa visita. Ahí estaban, ante ella, el anciano con Mireia y Raúl.

—¿Qué queréis ahora? —preguntó la farera con un tono de hastío.

—No podíais estaros quietecitos. Teníais que llamar a la médium esa —dijo el anciano con una voz que distaba de la dulzura y profundidad que había exhibido anteriormente.

—¿Qué pretendéis? ¿Qué queréis de nosotros? —gritó Estela. El miedo que estaba pasando y la desesperación por terminar con esta historia se dejaron notar.

—Venganza —dijo el anciano, mientras Raúl y Mireia mostraban una sonrisa diabólica—. Os haremos sufrir como sufrimos nosotros.

—Dejad a Jorge en paz. Él era solo un crío, un adolescente perdido. Ha sufrido mucho por vosotros. Se ha sentido culpable todos estos años —espetó Estela.

—¿Y tú?, ¿Has sufrido por mí? —La voz del anciano se hizo terroríficamente familiar para la joven—. No supiste nada desde aquel día. Huiste, cambiaste de vida…, pero a mí no podías esquivarme —dijo riendo con malicia—. Yo sí morí —gritó el anciano ante la mirada aterrorizada de la farera.

—¿Yo… te maté? —temblaba la voz de Estela—. ¿Carlos, eres…?

—Sí, soy yo —interrumpió el anciano. Su forma comenzó a cambiar hasta adoptar la de ese hombre del que Estela se liberó tan abruptamente—. Llevo desde aquel día esperando vengarme de ti. Ellos, de Jorge. Y os hemos unido para destruiros a los dos a la vez.

—Entonces, ¿por eso me elegiste? —preguntó Estela a Mireia. La última impostura de entereza que le quedaba era ignorar a su exnovio por un momento.

—No. Te elegí por lo que te dije en su casa. Eres una mujer alegre, empoderada, independiente… Eres lo que yo quise ser. Pero ¿quién habría podido en esos años? —respondía Mireia casi escupiendo sus palabras—. Tú vives sola, tienes tu empleo, nadie se mete contigo por ser bisexual —enumeraba con un tono despectivo y burlesco—, pero a mí… a mí me trataban como a un bicho raro. Me sentía insegura y me distancié de él. Y cuando me armé de valor para contárselo todo y tratar de arreglar las cosas, él me rechazó y… el ciclomotor —dio una palmada e hizo un gesto emulando una cabeza cortada—. Cuidé de él, lo decidí así, y por eso te elegí para él. Pero Carlos me hizo entender que estaba siendo una idiota —dijo señalando al que hasta hacía un momento era el anciano—. ¡Jorge me mató y va a pagar por ello! —terminó a voz en grito.

—Luego yo traté de animarlo —intervino Raúl—, lo llevaba a tomar algo, conseguí que volviera a salir…; sin embargo, se le metió en la cabeza esa memez del respeto a Mireia. Me quedé hecho polvo y empecé a consumir drogas. Una noche se me fue la mano y… empecé a manifestarme. Solo entonces Jorge supo que había muerto.

—¿Y el resto de presencias? —preguntó Estela a Raúl, en un esfuerzo por seguir ignorando al hombre que mató.

—El resto le había comprendido y perdonado, hasta querían cuidar de él —respondió Carlos, volviendo a captar la mirada de la farera—. ¡Qué gente tan cursi! ¡Qué asco! Por suerte, queriendo ayudaros, esa amiga vuestra se ha equivocado y ha mandado al otro lado a quienes nos vigilaban —sentenció, riendo de una forma cada vez más siniestra.

Estela, presa del pánico, echó a correr, salió de la salita y enfiló las escaleras hacia la salida del faro. Sin embargo, al cerrar la puerta desde fuera, se encontró con los tres espectros esperándola.

—Para estar tanto tiempo siendo nuestro juguete sexual, parece que se te olvida lo que somos. —Carlos sonaba de nuevo a burla y desprecio—. ¿No te apetece una vuelta por el prado? —preguntó con sarcasmo.

Estela solo podía desear que todo acabara. Al fin y al cabo, su deseo solía marcar el paso cuando los encuentros eran más placenteros que el que estaba teniendo esa noche. Intentó concentrarse en ello, pero el pavor que sentía en esos momentos le impedía siquiera pensar en el fin que quería. Aparte, le podía la curiosidad. ¿Cómo pensaban destruirlos tras haberlos unido? ¿No sería mejor hacerlo por separado?

—¿De verdad crees que te basta con desear que esto acabe? Obedecíamos tus deseos para que creyeras que tenías algún control —dijo Carlos señalándose la cabeza, alardeando de inteligencia—. Nuestro plan era sencillo. Tú, que tanto lees, conoces a Romeo y Julieta, ¿verdad? —Su sarcasmo resultaba más aterrador que el propio deseo de venganza que sentía—. Pues íbamos a cambiar el veneno por la locura. —Su pavorosa risotada fue una pausa en su discurso—. Íbamos a haceros sufrir hasta que la locura os llevara al suicidio. Placer para cegarte y volverte loca. —Estela estaba cada vez más asustada—. Él, con su miedo a amarte por los traumas del pasado. Esas eran nuestras armas. Pero él ha perdido el miedo y tú te has refugiado en él. Ahora tendremos que cambiar el plan.

—Sí, tendremos que acabar con ella para que él vuelva a sufrir. —Mireia se relamía pronunciando aquellas palabras—. Lo mejor es que esta vez ni siquiera la habrá matado él —concluyó, con una sonrisa maléfica y una mirada llena de odio.

—¿Morirá de pena o se matará para reunirse con ella?. Se abren las apuestas. Ay, Romeo, ¿dónde estás que no te veo? —se burlaba Raúl.

Los tres espectros rieron antes de lanzarse a por Estela.

Las escamas de Emaús

Un objeto humeante silbó por el aire a la izquierda de Estela, cayendo al suelo y deteniéndose justo delante de ella. El humo que desprendía formó una barrera que detuvo a los espectros antes de que pudieran tocarla. Era una tea de palo santo. La farera miró hacia el lugar de donde procedía.

—Siento llegar tarde, bonita. —Lola no perdía el gracejo ni cuando tenía que enfrentarse a tres espectros—. Menos mal que se te ocurrió llamarme mientras pasabas la ronda.

—Vaya, vaya, parece que llegan los refuerzos —dijo Carlos con sorna—. Pero va a dar igual. Cuando se apague esa tea, nada nos impedirá acabar con vosotras. Y, como comprenderéis, tenemos toda la noche.

Lola dio un colgante a Estela para que se lo pusiera como protección. También puso algunos amuletos en el suelo. Murmuraba palabras ininteligibles, como tratando de expulsar, o al menos contener, a los atacantes.

—¡Mireia, Raúl! —Una voz sonó en la oscuridad de la noche.

Una silueta se aproximaba desde el mismo sendero por donde había llegado Lola lanzando la tea protectora. Aunque sus rasgos no eran visibles, era fácil saber de quién se trataba. A fin de cuentas, nadie más conocía la identidad de esas presencias.

—¡Jorge! —exclamó Estela, recobrando el aliento al ver a su amado—. ¡Has venido!

El joven miró a su amada y se acercó a las presencias con semblante de solemnidad, sin protegerse tras el humo del palo santo. Mireia y Raúl parecían paralizados. Carlos no hizo mucho caso: aunque se había coaligado con los otros dos, él solo quería su venganza personal y no le importaba si se frustraba la de sus compañeros de *vendetta*. Jorge, sin mirarlo tampoco, se arrodilló en el suelo ante quienes habían sido su novia y su mejor amigo.

—En todos estos años, nunca os he pedido perdón —comenzaba a decir con la voz entrecortada— por todo lo que os hice. A ti, que estabas lidiando con tus miedos y la presión de la gente, te rechacé sin darte opción a contarme lo que pasaba. Raúl, contigo fui más injusto, fuiste el único que me ayudó a lidiar con la pena cuando ella murió. Os pido perdón de corazón. Dejadla a ella en paz, aquí me tenéis.

Las dos presencias empezaron a distenderse y a tensarse de nuevo, alternativamente, como si estuvieran dudando entre el perdón y la venganza. Jorge bajó la cabeza, como poniéndola a merced de aquellos espectros. Este último gesto los paralizó aún más, sin duda estaban conmovidos por la sinceridad y el amor del pizzero. Mientras, Jorge sacó un frasco de su bolsillo y se incorporó, acercándose con serenidad a ellos.

—Os ruego que aceptéis este regalo, la última reliquia que me queda de mis padres. Son las lágrimas que los tres lloramos esta tarde, en nuestra última despedida.

Jorge abrió el frasco que su madre había dejado para él y, con una brusca sacudida, roció con su contenido a las dos presencias. La expresión en los ojos de Raúl y Mireia comenzó a cambiar. Sus ojos recuperaron esa dulzura de los juveniles años en que ocurrió todo, ya no veían a Jorge como el enemigo del que vengarse. Esa muestra de amor, ofreciéndoles algo tan importante para él, fue como ver a Jesús partiendo el pan para los discípulos de Emaús. Como las escamas en los ojos de estos, salió el odio y el ánimo de revancha con que Carlos emponzoñó el corazón de aquellos fantasmas.

Carlos se había quedado solo con su deseo de hacer daño a Estela. El humo que aún emanaba de la tea protegía a la joven, de modo que su atacante decidió cambiar de estrategia y atacar a su amado. Si no podía matarla a ella y provocar la locura en él, lo haría al revés aprovechando que él no gozaba de dicha protección. Sin embargo, Mireia y Raúl adivinaron sus intenciones y se lanzaron a por Carlos para proteger a Jorge. Este ardió en una especie de fuego fantasmal, se quedó rígido como la arcilla cuando se seca en un horno y estalló como si alguien hubiera puesto una bomba junto a una figura de barro. Finalmente, las llamas azuladas se apagaron. El vengativo espectro había sido destruido.

—Las lágrimas con que nos has rociado no solo sacaron de nosotros todo el veneno que nos había metido este tipo… —dijo Raúl, como despertando de un mal sueño.

—También, al atacarlo nosotros y entrar en contacto con él, lo han destruido. El amor de tus padres, esas gotas de bondad y sentimientos que llamas lágrimas, ha vencido al odio de ese hombre —dijo Mireia—. Perdónanos tú a nosotros por olvidar tu sufrimiento y dejarnos inocular esa oscuridad y ese odio. —La joven presencia lloraba ante el que fue un día su amado.

—No hay nada que perdonar —aseguró Jorge entre lágrimas—. Sin el daño que os hice no habríais muerto y, aunque así fuera, nadie habría podido corromperos de ese modo.

Estela corrió hacia él, abrazándolo como si él acabara de volver de la muerte. Lola se acercaba lentamente, conmovida por aquella escena de reconciliación con los espectros y el reencuentro de los amantes. Sonreía, le hacía feliz haber sido de ayuda. Sabía desde un principio que su misión era proteger a los amantes mientras ellos lidiaban con los espectros y comprendían que tenían que usar las lágrimas. Ese era el último mensaje que le dieron los padres de Jorge antes de que este entrara a despedirse: tenían que aprender a vencer el odio de sus enemigos con el amor concentrado en esas lágrimas de su último adiós.

Los fantasmas abrazaron a la pareja y, sonriendo, se desvanecieron. Todo quedó en silencio mientras Lola asentía con la cabeza ante la mirada de Estela. Esta vez los espectros sí habían cruzado al otro lado.

Epílogo

—Hasta mañana, bonitos —dijo Lola—. Jorge, no sabía que cocinabas así. Estela tiene que estar muy contenta.

—Lo estoy —le confirmó la muchacha—, y lo estaría igualmente aunque no supiera cocinar.

—Claro, como ahora la pizzería es suya… —bromeaba Lola. Jorge se había quedado con la pizzería en la que había trabajado cuando el dueño se jubiló. Entre él y Estela habían pagado el traspaso. Era un negocio con más futuro en ese pueblo que la tienda de motos que soñaba el joven y, además, requería menos inversión.

Lola se despidió de la pareja y salió de la casa. Se había hecho muy amiga de los jóvenes desde aquella noche en el faro. De hecho, ese día habían comido juntos para celebrar el aniversario de la noche en que el odio de aquellos espectros fue vencido con las gotas de amor que eran las lágrimas de aquel frasco. Habían pasado dos años ya.

Jorge y Estela tomaron una copa de vino. Brindaron por ese día, para ellos era como un aniversario de esa boda que nunca celebraron. No eran muy amigos de esos finales de cuento con matrimonio, hijos y comiendo perdices. Sin embargo, sus almas sí se habían casado con el único anillo del amor que se había forjado entre el dolor, el misterio y aquellas orgías espectrales. Dejaron las copas en la mesa y subieron al dormitorio.

Estela sonrió pensando que esta vez, como tantas desde aquella aventura en el faro, sí había tenido que quitarse la ropa para estar desnuda junto a su amado. Jorge la besaba mientras su ropa se alojaba en el suelo de la habitación. Sus cuerpos se unieron como lo estaban sus almas, sus pieles brillaban al calor de aquel agosto. Jorge yacía en la cama mientras Estela montaba sobre él y estiraba su cuerpo hacia detrás, dejando entrar el falo de Jorge tan adentro como podía. El vaivén de sus caderas extasió a la pareja, que se besaba apasionadamente mientras cambiaba de postura.

Ahora era el joven quien recorría con su boca el cuerpo de su amada hasta beber el néctar de sus labios mientras, con los dedos, acariciaba su boca. Estela sentía las cosquillas que el cabello y las orejas de Jorge hacían al rozar con la cara interior de sus muslos. Él empezó a ganar terreno avanzando hacia el norte de su frontera y volvió a besarla con frenesí, mientras las caderas chocaban y sus sexos se acoplaban en su más íntimo contacto. Los brazos y piernas de Estela se cruzaban al unísono en el cuello y la espalda del muchacho, que quedaba felizmente atrapado junto al cuerpo de su amada. Su único forcejeo era el de sus cuerpos buscando los movimientos que más placer pudieran brindarles.

Jorge mordisqueaba el cuello de su amada mientras ella, jadeando, acariciaba con su aliento las mejillas y orejas del joven. Ese escalofrío, ese cosquilleo que producía el aire caliente exhalado por la bella Estela enardecía al pizzero, que movía su cuerpo con toda la intensidad que le permitía la presa que en él habían hecho las extremidades de esa mujer que había cambiado su vida. Con un hábil movimiento, Jorge logró ponerse en pie, cargando el cuerpo de esa muchacha a la que tenía por su diosa y compañera, combinando el impulso de sus fuertes brazos con la propia gravedad para que la penetración fuera mucho más profunda, si tal posibilidad cabía. No tardaron ambos en llegar al éxtasis, al paroxismo, a un estallido de placer que nubló su vista y absorbió las fuerzas de ambos. Desde que en su intimidad solo estaban ellos, sin más presencias de ningún tipo, sus relaciones eran mucho más placenteras.

Cuando el orgasmo de ambos declaró el alto el fuego en aquel combate sin víctimas, ambos se quedaron relajados en la cama. Estela cantaba algo al oído de Jorge, mientras él jugaba a ver las estrellas a pesar de que el único cielo que veía era el techo de la habitación. Sin duda, se había contagiado un poco de la bohemia locura de la farera. Aparte, habían puesto algunas lucecitas en el techo, pintado de negro, para que pareciera ese cielo estrellado que ambos estaban imaginando en ese momento. De repente, las luces hicieron un parpadeo, un tembloroso guiño. Ambos se miraron.

—Te juro que mañana arreglo ese interruptor —le dijo Estela.

Ambos rieron a carcajadas. No, ya no había razón para temer nuevas visitas como las del faro.

Agradecimientos

Como dice el siempre sabio refranero castellano, es de bien nacido ser agradecido. Y, de la misma manera que en mi obra anterior se quedó esa asignatura pendiente, quiero agradecer a las siguientes personas ya no solo por este libro que has leído, querido lector, también por la importancia que han tenido en la trayectoria que llevo recorrida hasta el momento y en mi propia vida.

A Luis Alfonso Beltrán Grau, por ser mi padrino literario, mi descubridor a través de los Premios Pimienta y mi amigo por encima de todo.

A la revista *Gente Libre*, por estar siempre ahí para colaborar, dar difusión a mi trabajo y contar conmigo cuando es menester.

A mis padres y abuelos. Sin vuestras enseñanzas como referencia, nunca habría forjado la personalidad y el alma que vuelco en cada obra.

A Saty Castro, por el gran trabajo realizado para que este libro tenga la portada y contraportada que merece.

A mis lectoras cero: Melania Gómez, Patricia María Gallardo y Bianca Moody. Gracias por la dedicación a ayudarme con las correcciones y calibrar el potencial de la historia que quería contar.

A la editorial ExLibric, por el mimo con el que tratan las obras, la profesionalidad, el buen trato y por el trabajo que hacen para que mi obra y la del resto de autores lleguen a la verdadera alma de este mundo literario: los lectores. En especial, a Carlos Rodríguez: gracias a ti, los autores solo tenemos que disfrutar las ferias del libro. Tu trato cercano y el trabajazo que haces merecen esta mención. Te quiero, amigo.

A mis amigos y amigas: Javi, José, Mari Pur, Maikel, Helena, Carol, Patricia, Lola y tantos que me han apoyado para continuar en esta aventura.

A los escritores, compañeros de letras y amigos que he ido conociendo gracias a este viaje literario: Patricia María Gallardo (bueno, a ti te conocía de la Facultad de Filosofía y Letras), Miguel Ángel Rincón Peña, Laura Rodríguez, Neera Milena… Gracias por cuanto aprendo de vosotros y por compartir conmigo vuestro arte.

A quienes tienen confianza en mí y en mi forma de enfocar esta aventura literaria, porque su apoyo es el viento y las velas que propulsan este barco.

A quienes no tienen esa confianza en mi trabajo, porque el afán de ganármela me hará mejorar y crecer.

Y a ti, querido lector. Sin ti, nada de esto tiene sentido.

Sobre el autor

John Sullivan nació en Cádiz el 17 de diciembre de 1980. A los trece años, le regalaron una máquina de escribir y aprendió mecanografía. Para practicar, comenzó a inventarse pequeñas historias, a redactar crónicas de competiciones deportivas… Sin darse cuenta, estaba comenzando su andadura literaria.

En 2014, comienza a escribir relatos eróticos, tras años buscando una temática que le llenara, y se presenta a las ediciones de los Premios Pimienta de 2018 y 2019, en las cuales se alza con el primer premio. En la edición de 2022, en la que se retomaron dichos premios tras la pandemia, queda en segundo lugar. En 2021, se publica su primer libro, *Nombres de mujer.*

Aficionado también a la música, es un rendido admirador de Mago de Oz, Metallica, Saurom, Guadaña, Fernando Lobo, Sabina, Heredeiros da Crus y Luar na Lubre, entre otros muchos. En la literatura, sus grandes referentes son Arturo Pérez Reverte, Julio Cortázar, Luis Alfonso Beltrán (al que considera su padrino literario) y los clásicos del Siglo de Oro. También colabora como columnista de opinión en el medio *Andalucía Información,* en su edición de San Fernando.

En 2023, nos trae *El faro de Estela,* su obra más ambiciosa hasta el momento, donde mezcla erotismo y misterio buscando ampliar sus horizontes.